布布路

關鍵詞：
單細胞動物、樂觀、
熱血。

從小與守墓人爺爺一起生活在墓地，因為父親的各種負面傳言，一直受到村裏人排擠，但布布路從不自卑，內心深處相信自己的父親是一位了不起的人物。為了實現自己的夢想以及尋找失蹤父親的消息，他毅然離開家鄉，前往摩爾本十字基地，參加怪物大師預備生的試煉。

賽琳娜

關鍵詞：
大姐頭、敏捷、
獅吼功。

出生商人世家的大小姐，卻一點都沒有大小姐的架子，與布布路一樣來自「影王村」，個性豪爽，有點驕傲，對待布布路一視同仁，從不排擠他，只因為她更在乎的是推廣家裏的生意。賽琳娜的目標是收集世界上所有類型的元素石，並熟練掌握這些元素石的運用。

帝奇·雷頓

關鍵詞：
豆丁小子、酷、
毒舌。

臉上總是掛着陰沉表情的瘦小男生。帝奇的存在感薄弱，不注意看的話就找不到人了，但是他身邊跟着一隻非常招搖拉風的怪物——成年版的「巴巴里金獅」。對於是非的判斷他有自己的準則，不太相信別人，性格很「獨」。

餃子

關鍵詞：
狐狸面具、神祕、
圓滑。

在去往摩爾本十字基地的路上，勾搭認識上布布路，戴着狐狸面具，看不出喜怒哀樂，從聲音來聽，似乎總是笑嘻嘻的，高調宣稱自己身無分文，賴着布布路騙吃騙喝，在招生會期間對布布路諸多照應。

冒險、正義、財富、祕寶、名譽……

富有志向的人們啊，

用心發出聲音吧，

召喚那來自時空盡頭的怪物，

賭上所有的「夢想」、「勇氣」、「自尊」，甚至「性命」，

向着成為藍星上最傳奇的 ——怪物大師之路前進吧！

——《怪物大師》題記
MONSTER MASTER

【目錄】CONTENTS
《御風者的青色罪印》

Especially written for kids aged 9—16（專為9-16歲兒童製作）

● 【扉頁彩圖】ART OF MONSTER MASTER
● 人物介紹：布布路 / 賽琳娜 / 餃子 / 帝奇

MONSTER MASTER

「怪物大師」無盡的冒險
The Blue Tattoo of The Windrider

SECRET GAME

MONSTER WARCRAFT
（隨書附贈「怪物對戰牌」）

穿透文字的「堅強」與「感動」！

DREAM　ADVENTURE　COURAGE　FRIENDSHIP

夢想＋冒險＋勇氣＋友誼

「怪物」與「人類」、「勇氣」與「挫折」、「信仰」與「背叛」、「戰鬥」與「思考」……是心靈的冒險，還是意志的考驗？
請與本書的主人公一同開啟奇幻之門，一起去追尋人生中最珍貴的夢想吧！

把世界的謎團串起來！
MELODIES OF LIFE

這裏是獨一無二的腦細胞幻想地帶，孩子們其樂無窮的樂園。
每部一個練膽故事，它們以神祕莫測的魔力，俘虜着人們的好奇心。
有人說，唯一的抵抗方法，就是閱讀——
請翻開這本書吧，讓人心動的世界正在向你招手……

愛 與 夢 想 的 「 新 世 界 冒 險 奇 談 」！

引子

CREATED BY LEON IMAGE
LOVE & DREAMS

MONSTER MASTER 18

一夜消失的村莊
MONSTER MASTER 18

夜幕降臨，漆黑的天幕上繁星點點，整個世界都陷入寧靜的熟睡中。

在一片高低錯落的丘陵山脈中間，一座小村莊被籠罩在沉沉的夜色中，一條條筆直的馬路呈「十」字形交叉分佈，房屋鱗次櫛比、排列整齊。家家戶戶窗明几淨，空蕩蕩的屋子裏沒有燈光和人聲，寬敞的院落中也沒有狗吠和雞鳴……很顯然，這是一座剛剛落成、還沒有人住進來的新村……

而在不遠處的另一個山坳裏，則是一片熱鬧喧騰的景象：一輛輛馬車上載滿大包小包的行李物品，人們正熱火朝天地忙着從破舊的房屋裏往外搬東西，不論是大人還是小孩，各個喜

氣洋洋，沒有一絲睡意，因為明天一大早，他們就要搬到新建成的村子裏去了。

人們喜悅地忙碌着，一夜未眠。一大早，天還沒亮透，人們就趕着馬車，朝新村出發了，每一個人心中都懷揣着對新生活的向往，婦女們喜笑顏開，孩子們一路歡歌……

然而，當搬遷的隊伍來到新村所在的丘陵地帶後，所有人臉上的笑容都僵住了——

眼前只有空曠蒼茫的荒野，沒有房屋，也沒有街道，連一粒瓦礫的殘渣都看不到。他們辛辛苦苦修建了一年的新村蕩然無存！

短暫的沉默後，人羣頓時炸開了鍋，驚叫聲四起：

「我們的新村呢？」

「我們絕不可能走錯路啊，我們的新村應該就在這裏啊，怎麼不見了？」

「昨天傍晚我還來看過，新村明明還好端端地在這裏，一夜間全消失了！」

「天哪，莫不是這片土地……不乾淨，把我們的村子……吞掉了？」

偌大的一座村落竟在一夜間消失得無影無蹤，不像火燒，不像水淹，更不像土崩……沒有任何痕跡！

面對這不可思議的一幕，人們的情緒由震驚到抱怨，最後漸漸變成恐懼：如果這不是鬼怪作祟，還能是甚麼原因？

膽小的孩子已經嚇得哭了起來，見多識廣的成年人也被眼

前這一切嚇得束手無策。

　　一位老人心有餘悸地喃喃道：「也許我們應該慶幸沒有在昨天搬過來，不然，豈不是連我們也會跟着村子一起消失了？」

　　聽了老人的話，人們心中的懼意更濃了，沒有人再說甚麼，一個個連大氣也不敢出，紛紛掉頭逃離這個詭異的地方……

　　從此以後，再也沒有人敢接近這片丘陵。人們還口耳相傳，這裏不僅會「吞噬村莊」，就連空氣也十分怪異，遠遠望去，整片丘陵似乎都被一團螺旋狀的神祕氣流籠罩着，那氣流縈繞盤旋，經久不散……

　　聽說，這片丘陵名叫慧壽丘。

御風者的青色罪印
MONSTER MASTER 18

新世界冒險奇談
第一站 STEP.01
神隱之家
MONSTER MASTER 18

迷失於螢火平原

甚麼都沒有！

眼前是一片望不到邊際的綠色平原，一眼看去，除了綠油油的野草，只有一棵棵巨型蘑菇般的怪樹。空氣像一潭靜止了千萬年的死水，蕭索寂靜。

四個呆若木雞的人一動不動地杵在空曠的平原上，像四根孤立無援的枯樹幹。

沉默中，其中一人的頭頂上緩緩升起一團難看的鐵鏽紅，

隨即，一陣暴躁又哀怨的怪叫聲響徹平原 ——

「布魯！布魯布魯！布魯布魯布魯！」

夕陽西斜，四個僵硬的人影終於動起來。頭戴風鏡的少年布布路雙手護頭，一邊躲避着因飢餓而發狂的怪物四不像，一邊哀怨地看向同伴們：「我們還沒到嗎？四不像好像餓了。」

布布路身後，蓄着長辮子的高個子少年餃子雙手高舉一張地圖，狐狸面具緊貼在圖紙上，恨不得把地圖看破，口中忍不住抱怨道：「我真想把畫地圖的人找出來痛扁一頓！他既然給螢火平原上的每一塊石頭都取了名，為甚麼偏偏不肯標出

我們要找的地方在哪兒呢？」

　　雖然最近長高了不少，卻依然是四人中最矮的帝奇揮了揮斗篷，不耐煩地說：「與其紙上談兵，不如身體力行。趁天還沒黑，我們最好進行一次地毯式搜索！」

　　「拜託，我們都在螢火平原上跑了整整三圈，就差掘地三尺了，這還不叫地毯式搜索嗎？」身穿瀟灑皮短裙、頭戴獸角頭飾的短髮少女賽琳娜沒好氣地哼道。

　　帝奇被大姐頭的獅吼逼得連連後退，臉色鐵青地不作聲了。

　　賽琳娜又轉頭瞪向餃子：「說起來我們之所以會在這片空曠而荒涼的螢火平原，找那個神祕得根本找不到的地方，都要怪你！」

　　餃子額上冷汗直冒，這一切還要從今天早晨說起 ──

　　清早，怪物大師管理協會的三大委員長之一 ── 獅子曜被一羣人簇擁着出現在十字基地。他周圍的人神情異常警惕，仔細看，連十字基地的警衛也增多了。除了科森翼龍以外，其

他導師的怪物也分別在基地各處鎮守着。

各位導師也都嚴陣以待，陣勢非同一般。

布布路幾人好奇地豎起耳朵，從白鷺導師和黑鷺導師的談話中，隱約聽到委員長大人正在做一件有重大意義的事情，這件事情可能會招致另一些勢力的反對。為此事，獅子曜特意來十字基地與尼科爾院長進行深度探討。

「別圍在這兒打擾委員長大人！」黑鷺導師很快發現了偷聽的吊車尾小隊，將他們趕走了。

片刻之後，十字基地大門口的公告欄上貼出了數十張任務書，預備生們的注意力也因此轉移了，幹勁滿滿地一擁而上搶奪任務書。

晚了一步的布布路一行遠遠地被擠在了人牆之外。賽琳娜踮腳張望了一會兒，發現根本沒有可以插足的空間。

帝奇看了看搶成一鍋粥的人羣，不僅沒上前，反而後退了幾步，似乎完全不打算靠近。餃子面具下的狐狸眼轉了轉，他指着公告欄的一角，悄聲對布布路說：「雖然我們都知道自己很優秀，但學分卻總是落後。你看，那張任務書的發佈人是獅子曜委員長，看委員長神祕兮兮的樣子，這一定是一項學分不低的任務，所以……靠你了！」

「明白！」布布路鬥志昂揚地領命，像一道閃電般衝了出去。

橫衝、側穿、直插、匍匐、彈跳……一連串令人眼花繚亂的動作後，布布路在一片羨慕又嫉妒的目光下，不負眾望地揭下了餃子指定的任務書。

人羣中傳來心痛又不甘心的哀號，布布路和三個同伴激動地展開那張由獅子曜親筆書寫的任務書：

因我家老園丁昨日偶感風寒，不能勞作，現需人手幫忙掃掃庭院，澆澆花草。

任務難度等級：★

獎勵學分：看心情

布布路他們心中的期待之火頓時被一盆冰水澆熄，這個任務不僅難度等級低、地點不明，連學分都不清不楚，最重要的是，獅子曜委員長的口氣也太隨便了！

「黑鷲導師！」餃子哀怨地對不遠處的黑鷲說，「我們現在反悔還來得及嗎？」

「去去去，自己選的路，跪着也要走完！」黑鷲幸災樂禍地衝他們說道。

「那您至少告訴我們，委員長的家在哪兒啊？」賽琳娜欲哭無淚地問。

「委員長的家在北之黎郊外的螢火平原上，宅院被稱為『神隱之家』，我只能告訴你們這麼多。」黑鷲拍拍四人的肩膀，感慨地說，「委員長家的清掃任務是十分光榮的，當年我和我哥也曾做過這個任務，那次的經歷簡直是慘……咳咳，簡直是『燦爛』無比啊！總之，這將是一次不錯的經驗，祝你們成功，加油！」

非同凡響的進門考驗

回想起來，黑鷺導師的話果然別有深意⋯⋯

「獅子曜委員長的宅院為甚麼被稱為『神隱之家』啊？『神隱』是甚麼意思？」布布路揉着被四不像抓疼的臉，提出疑問。

「『神隱』的字面意思就是『被神怪隱藏了起來』，也就是說，委員長的家被某種力量隱藏起來了！」帝奇白了布布路一眼，對他的無知深表鄙視。

「是不是我們漏了甚麼重要線索呢？」餃子托着下巴思索着。

賽琳娜從精緻的獸皮挎包裏掏出任務書，想再仔細看看，可看清任務書上的內容後，她卻詫異地睜大了眼睛。

任務書上不知何時多出來一行字——

進入「神隱之家」的方法：看心情。

又是看心情？布布路四人湊在一起，齊聲怪叫：「委員長的任務果然是不同凡響（非常隨便）！」

「反正任務已經接了，現在後悔也來不及了。」賽琳娜最先鎮定下來，擺出大姐頭的氣派，大聲道，「『看心情』，也就是說，只要把委員長逗高興了就行吧？餃子，你講個笑話試試！」

「現在？就在這裏講嗎？咳咳！」餃子尷尬地問。見賽琳娜一臉嚴肅，他只好清清嗓子，隨口胡謅道：「有一天，一塊七分

熟的牛排和一塊五分熟的牛排在路上相遇，可它們卻沒有彼此打招呼，這是為甚麼呢？」

見同伴們面露疑惑，餃子一本正經地解釋道：「因為它們兩個不熟啊！」

半秒鐘後，賽琳娜縮起脖子，哆嗦道：「好冷……」

布布路卻認真地搖晃着腦袋，目光灼灼地問道：「餃子，牛排是用來吃的，怎麼會走在路上呢？」

撲哧──一旁的帝奇竟然鼓了鼓腮幫子，從喉嚨裏發出幾聲憋笑的聲音。

餃子和賽琳娜瞬間都啞口無言了。

「咳咳，要不，我換個笑話，或者講個悲傷的故事試試？」餃子尷尬地轉移話題，「所謂看心情，也不知道委員長要看的到底是甚麼心情……真是為難我這個風華絕代、才華橫溢的無敵英俊美少年了！」

餃子做作的模樣立刻換來了賽琳娜和帝奇鄙視的「眼刀」，他倆心想：這傢伙依舊沒臉沒皮，時刻不放過吹噓自己的機會！

「那一天下着滂沱大雨，彷彿老天也在哭泣……」餃子很快醞釀起憂傷的情緒，然而他身後卻傳來一陣難以名狀的狂笑聲──

「哇哈哈哈哈哈哈，哇哈哈哈哈哈，太好笑了！」

「布──布──路──」三個同伴齊聲咆哮起來，餃子面具後的眉毛都豎起來了，只見布布路臉漲得通紅，雙手捂着

肚子，誇張地大笑不止。

「餃子，你剛才講的牛排的故事，真是太好笑了，不熟……哈哈哈哈哈哈！」布布路擦拭着眼角笑出的淚水，直拍大腿，指着餃子。

布布路超長的反射弧令三個同伴瞠目結舌。

餃子仰天長歎：「蒼天啊，真是不怕神一樣的任務，就怕布布路這樣的隊友！」

「哈哈哈，布布路，你果然每次都能讓我開懷大笑。」伴隨着餃子的哭號聲，一個熟悉的聲音由遠及近，從空中飄來，聲音的主人忍俊不禁地說，「好了，你們現在可以進來了！」

話音落下，不遠處的空氣中緩緩浮現出一扇泛着金屬光澤的厚重拱門，乍看上去渾然一體，活像一隻張着血盆大口的巨獅頭顱，彷彿要將所見之物一口吞下。

這就是「神隱之家」嗎？

好久不見，獅子堂

一行人緊張地邁進威嚴的大門，只見兩個威風凜凜的身影逆光而立——

獅子堂的皮膚曬黑了不少，沒有了青色披風的遮掩，手臂上發達的肌肉讓他渾身上下散發出「我變得更強了」的信息。

大聖王手持粗壯的金剛棍，猶如神佛般守在獅子堂身後。

「好久不見，你們最近做的幾次任務我都聽說了，幹得漂

亮！」獅子堂目露讚賞地跟大家打招呼，「對了，你們來我家做甚麼？」

「我們來完成委員長大人發佈的任務 —— 打掃庭院！」布布路咧嘴憨笑，將手裏的任務書展示給獅子堂看。

「打掃庭院？」獅子堂眼中閃過一絲異樣的光芒，剛想開口說甚麼，就被四不像粗暴地打斷了。

「布魯！布魯布魯……」四不像齜牙咧嘴地躥到大聖王腳邊，耀武揚威地對着大聖王一陣挑釁。

難道四不像還在因為迷霧島那一戰而記恨大聖王嗎？布布路心頭湧上不祥的預感。

下一秒，大聖王將金剛棍往上一揚，甩出一道金色的虛影，猛地朝着四不像砸去，看起來似乎想跟四不像再戰一場。

看到兩隻怪物氣勢洶洶的樣子，布布路四人暗叫不妙。

布布路心急火燎地正想衝上去幫忙，意想不到的事情發生了 ——

一個身穿女僕裝的大嬸以迅雷不及掩耳之勢閃現在兩隻怪物中間，左手用一把笤帚擋下金剛棍，右手用一個水桶扣住四不像。

大聖王當即收棍，安分地走回獅子堂身邊，受挫的四不像也惱羞成怒地鑽回金盾棺材，誰也不想搭理了。

「小少爺，您爺爺回來了，他請您過去。」大嬸恭敬地對獅子堂說。

「明白了。」獅子堂點點頭，轉身對布布路他們說，「看來

無法和你們敘舊了，我先帶你們去庭院。」

　　獅子堂在前面健步如飛，緊跟在後的餃子他們邊走邊交換着疑惑的眼神：獅子曜委員長今天不是在十字基地和尼科爾院長開會嗎？他們接到任務後就馬不停蹄地出發了，且不論開會時間有多長，晚出發的委員長怎麼可能比他們先到？

　　「也許……委員長在十字基地和『神隱之家』之間裝了傳送光柱？」餃子腦子裏撥着小算盤，「嘖嘖，不愧是委員長，真是大手筆！」

　　餃子才低聲感歎完，旁邊就響起布布路恍然大悟的驚呼聲：「我想起來了，剛剛那位大嬸不就是那個曾經攆得黃泉在十字基地落荒而逃的『隱藏高手』嗎？！她怎麼會在委員長家裏呢？」

　　餃子三人的內心瞬間凌亂了，這小子的關注點果然異於常人！

　　就在布布路兀自疑惑的時候，獅子堂推開了庭院的大鐵門，引得四人齊齊倒吸

一口涼氣——

　　只見庭院內遍地都是大大小小的碎石，樹木東倒西歪的，花草幾乎已經凋零枯萎，只有難看的藤蔓肆意瘋長。白色的柵欄猶如被野獸啃咬過一般，木料分離斷裂，彷彿破舊的墓碑一樣矗立着。

　　「我記得任務書上說，老園丁是昨天偶感風寒，才過了一天，庭院怎麼會亂成這樣呢？」餃子悔得腸子都青了，欲哭無淚地說，「怪不得黑鷺導師說，自己選的路跪着也要走完，我現在就想跪下了……」

　　「那麼，拜託你們了！」

　　獅子堂訕笑道，咔嗒一

聲將大門反鎖，像是生怕布布路他們會逃跑一樣。

四個預備生無奈地相視一眼，認命地長歎一口氣，紛紛掏出怪物卡，準備召喚怪物幫忙。

誰知「屋漏偏逢連夜雨」，餃子三人的怪物卡上，怪物的體力值竟全都顯示為零，怪物們別說幹活了，連怪物卡都離不開！

「這又是甚麼情況？」賽琳娜又驚又急。

「我爺爺坐的可是怪物大師管理協會的第一把交椅，人身安全是首要考慮因素，他居住的地方當然會對怪物有所制約。」獅子堂的聲音從高牆外飄來，「所以你們不能靠怪物幫助，只能自己動手清理庭院。」

「自己動手？」餃子望着像遭過颶風侵襲的庭院，大聲抗議，「這要清理到甚麼時候？這哪是任務？分明是折騰人！」

「噓！你們最好別高聲喧嘩，吵到我爺爺，萬一他心情不好，說不定會倒扣你們的學分！祝你們好運！」獅子堂的聲音隨着腳步遠去了。

庭院外，一尊黑沉沉的雕像，突然動了動……

御風者的青色罪印
MONSTER MASTER 18

新世界冒險奇談
第二站 STEP.02

接踵而至的暗襲者
MONSTER MASTER 18

掃除任務另有名堂

看獅子堂的反應，就知道「神隱之家」的打掃任務必然不簡單。雖然四人心中有所準備，但沒想到，實際行動起來的難度仍然超乎想像。

布布路卸下身上的金盾棺材，清理起大大小小的碎石。這些碎石雖然體積不大，但卻格外沉重。布布路必須用兩隻手才能勉強將一塊碎石抬離地面大約十厘米，再步履維艱地將它移動到指定的角落裏……而散落滿院的碎石還不知道有幾百塊。

賽琳娜負責澆灌花圃。一大桶水倒下去，水立刻滲入地面消失了，泥土依然像沙漠般乾涸，這裏的植物似乎有着驚人的吸水能力。而這花圃裏有幾百株植物，她只能不屈不撓地提水澆灌，一刻也不敢停。

　　帝奇想要修復損毀的圍欄。可他一錘子下去，錘頭居然詭異地一偏，差點砸到他捏釘子的手指頭，幸好他及時移開手指，才勉強釘進去，但下一秒，釘子又從木頭裏彈了出來，啪地被吸到錘頭上。這座庭院的圍欄上似乎存在着某種怪異的磁場，導致釘子和錘子時而相互排斥，時而又相互吸引。帝奇擰緊眉頭，只能試着抓住短促的無磁場時間差，飛速修復圍欄，稍有差池，便會前功盡棄。

　　餃子自告奮勇地修剪藤蔓。然而瘋長的藤蔓如同張牙舞爪的鞭子一般，他一靠近，藤蔓就噼里啪啦地狂抽過來，令他不得不鉚足勁頭左躲右閃，伺機而動。沒一會兒工夫，餃子身上就佈滿了鞭痕。他不禁心中哀號：甚麼修剪藤蔓，簡直是被藤蔓修理啊！

雖然清掃工作異常艱巨，四人卻毫不退卻，反而全都像上滿發條的機器人一般，全力以赴。

布布路的力量、賽琳娜的耐力、帝奇的敏捷、餃子的靈活……當他們逐漸適應後，似乎察覺到了這個任務所蘊含的真正用意——

大家越來越清晰地感覺到渾身的骨頭、經絡、肌肉，乃至五臟六腑都瘋狂地蠕動起來，彷彿全身都受到了洗禮。

夜幕漆黑如墨，繁星點點閃爍，不知不覺已是深夜。慘不忍睹的庭院終於煥然一新：幾百塊碎石被齊整地碼放在角落，花圃裏的鮮花朵朵水潤鮮嫩，一道道圍欄光亮氣派，瘋長的藤蔓則被編成一座別出心裁的綠色拱門……疲憊不堪的布布路四人滿意地打量着這一切，心中生出一種驕傲的成就感。

誰也沒想到，危機會在這時突然而至——

　　轟隆隆！伴隨着一聲震天動地的巨響，四人腳下的地面毫無預兆地搖晃起來！

當心，熊出沒

　　砰！大家還來不及反應，「神隱之家」的半扇大門便橫飛進來，砸翻了高牆。

　　一時間沙石飛揚、地崩土裂，剛剛整理好的庭院瞬間被打回原形。

　　庭院外一股煞氣衝天而起，一個龐大的黑影向布布路他們直逼過來，那隆隆的腳步彷彿蘊含着千鈞之力，每走一步地面就畏懼般地隨之震動。

　　布布路驚詫地大喊：「噢，好大一隻熊！」

　　那黑影竟是一隻足有三米高的巨熊，巨熊渾身覆滿棕色長毛，雙眼血紅，巨大的熊掌揮動出殺氣騰騰的氣流。它的身後，更多巨熊接踵而至。

　　「天啊！螢火平原上為甚麼會有熊？還能進得了『神隱之家』？」餃子震驚得語無倫次。

　　「不對，不是熊，是……人！」賽琳娜緊張地說。

　　灰塵逐漸散去，藉着慘淡的月光，大伙兒終於看清，這是一羣身材魁梧、渾身肌肉如鎧甲般發達的傢伙！他們的皮膚乾硬灰黃，跟披在身上的熊皮幾乎融為了一體！

　　「是熊獸族！他們崇拜巨熊，以擁有怪力聞名，據說可以赤

手空拳撕裂虎豹，是力量型的戰鬥民族。他們平日盤踞於邊陲的蠻荒之地，此時此地為何會出現⋯⋯」帝奇壓低的聲音中透出緊張，整個人如同張滿的弓，緊繃至極。

布布路他們全都警惕起來，覺得來者不善。

為首的「熊男」手臂一揮，輕鬆地將一座小假山拋向半空。那座假山和布布路剛才清理的「超沉重碎石」是同樣的材質，可見「熊男」簡直擁有惡魔般的怪力！

咔嚓 ——「熊男」的另一隻手臂如鋒利的長矛般徑直刺穿了落下的假山，堅固的山體應聲潰散，碎屑般的石塊如同一枚枚射出槍膛的子彈，密集地朝布布路他們飛來！

庭院裏地勢空曠，並沒有很好的障礙物提供掩護，大伙兒根本無處可躲。

布布路跨前一步，準備以金盾棺材為盾擋住這輪石雨的襲擊，可他知道，金盾棺材的大小有限，無法給所有人提供保護。

就在這時，另一個身影搶先出手了 ——

「讓我來！」帝奇利落地飛身上前，如同一道流光，消失在三個同伴面前。

剎那間，空氣中劃出一片片火花星子，在大家耳邊噼噼啪啪地如鞭炮般響個不停，碎石雨有驚無險地從布布路三人身邊擦過，將他們身後數十米遠的高牆打成了馬蜂窩！

「帝奇，好厲害啊！」布布路忍不住鼓起掌來，剛剛那一剎那，他用超乎常人的動態視力，看到了帝奇在石雨中穿梭，以外科手術般精準的動作彈開了每一塊飛向大伙兒的石塊。

賽琳娜和餃子也震驚得說不出話來，沒想到帝奇居然又變強了，這很可能是得益於剛才的任務。

　　「還沒完呢，你們不要麻痺大意！」落地後的帝奇一個踉蹌，半跪在地，口中直喘粗氣，握住匕首的雙手顫抖不止，鮮血從虎口處滴落下來。他手中原本鋒利無比的匕首，此刻就如同兩塊被錘打了千萬次的鏽鐵，刀刃已經磨損殆盡，刀身也變得歪歪扭扭。

　　「一瞬千擊？你是賞金王雷頓家族的人！」「熊男」一臉意外地盯着帝奇，「可惡，我就知道這買賣沒那麼容易，兄弟

們，給我上！我們今晚一定要拿下獅子曜！」

甚麼？他們的目標是獅子曜委員長？！大家大驚失色。

劇毒，女蟲族

「快去保護委員長大人！」

布布路四人心急如焚地衝進前方的大宅內，卻發現裏面黑燈瞎火，安靜得好像一棟陰森的鬼宅。

「有問題！」餃子不安地吞了吞口水，「委員長的家丁呢？獅子堂呢？我們都鬧出這麼大動靜了，怎麼可能一個人都不出來？」

「除非他們本來就不在，或者是⋯⋯」話說到一半，賽琳娜頓住了，心中湧起一絲慌亂，難道這些人都已經遭遇不測了嗎？

轟隆 —— 轟隆 —— 熊獸族殺氣騰騰地追了進來。

沒有救兵，又被限制無法使用怪物，跟他們硬碰硬顯然不是上策。

「上二樓！」帝奇抬眼示意大家利

用狹窄的樓梯拖慢「熊男」們的速度。

幾人快步登上樓梯，布布路卻突然停住了腳步，他的鼻翼微微翕動，嗅到一股惡臭從地下傳來，似乎有一些東西在靠近。

與此同時，地面的木板如巨浪般一塊一塊翻捲起來，無數條青白色的枯槁手臂從地下鑽出，恰好阻斷了熊獸族對布布路他們的追擊。

「這是委員長家的防禦機關嗎？」布布路好奇地回頭，想要看個究竟。

「笨蛋！快上來！」三個同伴氣急敗壞地將布布路拉上了二樓。

那些手臂詭異地不斷向外探，很快，一大羣綠色瞳孔、皮膚青白的女人從地下鑽了出來。她們的身體彷彿沒有骨頭，蛇一般左右扭動着，咧至耳根的嘴裏發出嘶嘶的聲音，一股股腥臭的綠色黏液從分叉的舌尖滴落。

嘶嘶……那黏液的腐蝕性驚人，竟將樓梯和扶手瞬間溶解出一個個駭人的坑洞！

「我的天，這不會是傳說中的女蟲族吧？」賽琳娜渾身爬滿雞皮疙瘩，「我在一本介紹藍星邪惡種族的課外書上看過。據說這個部族曾經被卡桑德蘭大帝流放到南蠻充滿毒瘴的沼澤之地，數百年間，她們已完全適應了巫毒之地的環境並融入其中，變得渾身劇毒。她們對外界充滿了仇恨，很少與外界接觸，但只要她們出現，所到之處必定不留活物！」

「女蟲族不會也是奔着委員長大人來的吧？」餃子嗓音顫

抖地說。

「誰要衝着老夫來？」一個困倦的聲音傳來，布布路他們嚇了一跳，猛地回頭一看，頓時傻眼了。

獅子曜穿着一件印有黑眼圈小狗圖案的睡袍，睡眼惺忪地出現在大家身後。

「獅子曜，拿命來！」一見獅子曜出現，熊獸族和女蟲族好像打了雞血般，朝着二樓蜂擁撲來。

「委員長爺爺，我們現在要怎麼辦？」布布路向獅子曜投去了鬥志昂揚的目光。

獅子曜氣定神閒地摸着下巴，似乎陷入了沉思。

狙擊，看不見的敵人

眼前的情形絕對算得上火燒眉毛了，但委員長依然鎮定自若。

布布路幾人目露崇拜，心中期待地想：委員長大人果然臨危不亂！對了，他可是怪物大師管理協會的三大委員長之一……嗯，一定是深藏不露，胸有成竹！

哪料到獅子曜眼皮越來越沉，最後居然兩眼一閉，打起呼嚕來。

「委員長其實是在夢遊吧？」餃子無奈地將自己長長的辮子往手中一攬，單腳點地，擺出古武術的招式，三個同伴立刻會意，現在他們只能硬拼了！

　　賽琳娜攥緊手中的元素晶石，帝奇亮出大把飛刀，布布路死皮賴臉地拽出四不像來助陣。

　　「布魯布魯。」被強拉出來的四不像破天荒地沒有用爪子抓布布路，而是背對着布布路，不願轉過身來。

　　布布路本來以為是四不像鬧彆扭，然而他突然感覺到空氣中傳來一道極難察覺的殺意波動，雖然只有一瞬間，卻讓人感覺到一股徹骨的寒意。

　　布布路豁然明白了甚麼，猛地將四不像當皮球扔了出去！

　　「布魯！」四不像怪叫着，一頭撞上獅子曜，將他狠狠地撞倒在地。

　　刺啦——獅子曜失去平衡的瞬間，他睡衣的胸口處被划開了一道小口子。

　　這聲布料被划開的細小聲響，如同引燃了巨型炸彈的導火線，頭頂隨即傳來砰的一聲巨響。

　　所有人都被空氣中無形的衝擊波震退了好幾步，大家驚懼地抬起頭，只見天花板上一道白光一閃而逝，屋頂的一半轟然傾斜，露出了星空……

　　大宅的屋頂竟然被生生切成了兩半！大塊的天花板傾斜着砸落地面，塵土飛揚中，所有人都怔住了，連熊獸族和女蟲族也沒敢再向前一步。

　　只有獅子曜淡定地拍拍灰塵，站起身來，略帶遺憾地說：「這件睡衣是老夫我最喜歡的……」

　　「我看到有一道寒光往您的胸口閃去，那速度快得讓我來

不及挪動腳步，只好順手把四不像扔出去了！」布布路急急忙忙地向獅子曜解釋道。

「那應該是一道劍光！」帝奇出神地盯着天花板，「看來還有別的刺客盯上了委員長大人。」

「甚麼？你是說有人……不，有刺客像切豆腐一樣一劍切開了這座大宅？」賽琳娜驚懼地問。

帝奇點點頭，繼續道：「對方形如鬼魅，趁亂出擊，瞬間發力，只見劍光卻不見其人。若不是布布路反應極快地用四不像當投擲物推開委員長，委員長就不是睡衣裂條口子，而是整個人都要被斜斬了！那一劍雖然撲空，但震蕩出的劍氣仍然凌厲霸道得足以一下子就毀掉整座大宅。」

「這樣的狠角色藍星上應該沒有幾個吧？」餃子拉下面具，偷偷用第三隻眼環視了一圈，竟然甚麼都沒有發現。

「這人應該已經避遠了。」帝奇的眼中罕見地出現了一絲憂慮，「不過，有如此凌厲霸道的劍術，又能隱匿於空氣之中，在刺客裏能做到如此剛柔並濟的，唯有一人……」

尊敬的讀者：現在你跟隨布布路一起踏上了成為怪物大師的道路！向所有的困難發起挑戰吧！

MONSTER MASTER

預備生人氣大考查

 01 基地公告欄貼出了一批新的任務書，幾乎所有預備生一擁而上，此時你又在做甚麼呢？

A. 看熱鬧（3分）
B. 沒興趣，不準備出任務（1分）
C. 製造混亂，以便渾水摸魚（5分）
D. 奮勇加入其中（7分）

■即時話題■

餃子：獅子堂，我問你一個問題：這次「神隱之家」的掃除任務是不是委員長特地搞出來折磨我們的？我還真不相信你家的老園丁平日可以獨立完成這些掃除任務！

獅子堂：我只能說，餃子，你真的小看我家的老園丁了。

帝奇：看來委員長家的僕人都不容小覷。

賽琳娜：說起來，布布路認出來的那個女僕大嬸，她平日明明在我們十字基地裏任職，難道她會分身之術？

獅子堂：這也是我從小到大的疑問，但女僕大嬸堅決不肯透露，我也是一頭霧水啊！

布布路：其實我有個想法，也許女僕大嬸就和雙子導師一樣，也是雙胞胎！

獅子堂：如果我告訴你管理協會還有一個一模一樣的女僕大嬸，你還會說她們是雙胞胎嗎？

布布路：這個嘛——我會說是三胞胎啊！

獅子堂：算了，如果我再說另外兩大委員長家裏分別也有一模一樣的女僕大嬸，你一定要說N胞胎了，所以我們就不要糾結於這個話題了。總之，爺爺佈置的任務你們好好做，不會吃虧的！

完成這個測試後，你可以判定自己作為一個怪物大師預備生的人氣到底有多高。

御風者的青色罪印

MONSTER MASTER 18

新世界冒險奇談
第三站 STEP.03

只存在於傳說中的力量
MONSTER MASTER 18

藍星第一刺客

今夜,「神隱之家」殺機四伏,明有熊獸族和女蟲族來襲,暗有不明劍客伺機而動⋯⋯

帝奇話沒說完,獅子曜若有所思地對空喊話道:「矛隼,你也是來取老夫性命的嗎?」

「矛隼?藍星第一刺客?!」餃子顯然對此人早有耳聞。

「喂喂喂,你們在說甚麼毛筍啊?一棵筍怎麼會是藍星第一刺客呢?」布布路話一出口,底下的熊獸族和女蟲族再度驚

呆了——這毛頭小孩剛剛不僅輕易看穿了對準獅子曜的致命一劍，還如此隨意地諷刺藍星第一刺客，肯定大有來頭，要小心！

布布路的口無遮攔，讓兩族一時之間都不敢貿然行動，警惕地觀望着。

而了解布布路本性的三位同伴，這次誰也沒有為他解釋，大家內心因「矛隼」這個名字而受到的劇烈衝擊仍揮之不去——

刺客，是藍星上備受爭議的神祕職業。金錢是唯一能夠驅使他們不擇手段完成殺戮任務的動力。他們放棄了原本的身份，藏匿於黑暗之中，抹去一切關於自己的線索，僅讓自己的名號和與之相關的可怕傳說流傳世間。

　　他們是一羣遊走在黑暗中、不能見光的「幽靈」，而矛隼，是站在這羣「幽靈」的金字塔頂的第一高手！他的名號 ── 矛隼，那是一種被稱為「空中霸主」的猛禽，牠們在高空瞄準獵物，然後毫無徵兆地俯衝而下，一擊得手，可憐的獵物在被撕裂咽喉後，還不知道自己究竟是被誰殺的。

危險的警鐘在四個預備生耳畔轟鳴，是甚麼原因，能讓熊獸族、女蟲族和矛隼這些可怕的對手同時出動，來謀害獅子曜委員長呢？

此刻，布布路他們就如同待宰的羔羊，性命堪憂。

要死了！要死了！要死了！……餃子的腦海裏如有一萬隻羊駝在狂奔，啊，他來生願做一隻無憂無慮的羊駝。

空氣像凝固了一般死寂，連一直泰然自若的獅子曜也壓低了聲音，鄭重其事地對四個預備生說：「你們趕緊逃命，這些人明顯是衝我來的，只要不和老夫在一起，你們就還有一線生機……」

委員長說得那麼悲壯，彷彿已經準備好自我犧牲。然而布布路根本沒等獅子曜說完，就果決地打斷了他：「我們是不會走的！我們和您共進退！」

「對！我們打倒一個是一個，衝開一條血路！」賽琳娜附和道。

四人當下移動位置，分別站到獅子曜的四周，這就如同給了一個開戰的信號，讓熊獸族和女蟲族再度行動起來。

✚ 億賞金和離間之計

呼呼！布布路雙手緊握金盾棺材的鐵鏈一端，拼盡全力揮舞，巨大的金盾棺材在空氣中高速盤旋，形成一道堅固的圓形「護甲」，密不透風地擋住了來自正前方的致命攻擊。

嗖嗖！帝奇十指間寒光閃耀，一把把飛刀凌厲地刺破空氣，精準地襲向從右側撲上來的熊獸族的面門。

嚕嚕！餃子使出一連串令人眼花繚亂的古武術拳腳，專攻從左側扭身而來的女蟲族的七寸。

唰唰！賽琳娜不停翻轉各種元素晶石，疾風、火蛇、沙土和水柱在獅子曜背後交織成一張嚴密的防護網。

「布魯！」四不像站在樓梯扶欄的頂端，不時鼓起肚子，從口中噴射出一道十字落雷，攻擊的方向看似並無敵人，但仔細看，就會發現遊走的紫色雷光精準地撞上了一道道不易覺察的劍光。

「咳咳！」眼見大家正鬥得難解難分，獅子曜突然出聲了。他的聲音不怒自威，直入人心，聞者不由得紛紛停下了動作。

獅子曜從容地揚手道：「老夫與各位無冤無仇，今日各位來取老夫性命，應該是受雇於人。倘若今日老夫注定要死在各位手中，也請各位明示，那位欲求老夫性命的人是誰？」

「獅子曜，實話告訴你，俺們根本不在乎雇主是誰，俺們在乎的是你的命值十億盧克！」一個「熊男」指着獅子曜粗聲粗氣地說。

「十億盧克……這代表我在黑市上的懸賞金突然漲了十倍。」獅子曜意味深長地摸着鬍鬚，「真是有意思，哈哈哈！」

這種死到臨頭的時候，委員長大人居然還能笑得如此暢快淋漓，除了布布路一臉崇拜地看着獅子曜之外，賽琳娜三人只覺得一股無力感湧上心頭。

「三股世所罕見的勢力，今日為了老夫齊聚一堂，你們難道不覺得有意思嗎？」獅子曜彷彿看穿大家的心思，笑瞇瞇地說。

對了，熊獸族、女蟲族和矛隼雖然是為了同一個目標而來，但他們彼此之間並無交集！

餃子面具下的狐狸眼一轉，頓時明白委員長的話中之話，誇張地大喊起來：「不如來打個賭吧，你們覺得最後誰能拿下獅子曜委員長的性命，獨享那十億賞金？」

說到最後那句「獨享那十億賞金」時，餃子刻意加重了語氣。

賽琳娜立刻會意地說：「女蟲族人數最多，優勢明顯！」

「哼，熊獸族孔武有力，能徒手撕雄獅，怎會遜於女蟲族！」帝奇冷哼道。

「不不不，藍星第一刺客可不是浪得虛名，誰都難逃他的掌心！這十億盧克賞金必然會落入他的囊中！」餃子繼續煽風點火。

唯有布布路不明所以地嚷嚷起來：「餃子、大姐頭、帝奇，你們怎麼能這麼輕易就灰心喪氣呢？我們一定要保護好獅子曜委員長……」

嚇嚇嚇——話說到一半，四不像一個雷光球噴射到布布路身上，布布路被電得不得不閉上嘴。看來連四不像也明白了這是離間計。

計破，妖風來襲

熊獸族、女蟲族和矛隼自然也明白這幾個少年是刻意挑唆，然而畢竟勝利的果實只有一顆，無法共享，因此，三股勢力之間的競爭無可避免。

如大家所料，三股勢力陷入了爭奪獵物的搏殺之中 ——

女蟲族對着熊獸族噴吐毒液，熊獸族被腐蝕得皮開肉綻；熊獸族抓起女蟲族的蛇尾，將她們如破布般甩來甩去；矛隼如鬼魅般穿梭在熊獸族和女蟲族之間，一道道鋒利的劍氣不時在空氣中閃現，令兩族人傷勢慘重！

很快，餃子就意識到情況不妙了。他們雖然藉着離間三股勢力得到了喘息的機會，但卻低估了矛隼的實力，至今未現真容的矛隼似乎在尋找着一擊必殺的機會，這樣下去，絕不是三敗俱傷，而是矛隼一人的勝局！

就在餃子萬分焦急的時候，一股冰冷的寒意倏然向眾人襲來，讓人情不自禁地一激靈。

只見被毀掉的大門處，一道形如颶風的螺旋氣流衝破了空氣，以極快的速度颳了進來，所到之處，所有的東西都跟着氣旋的向心力扭轉起來。

轟轟轟，啪啪啪，咣噹！

短短幾個呼吸間，咆哮的熊獸族、嘶鳴的女蟲族和沉默的矛隼全都被捲入其中，掀翻在地。

布布路四人面面相覷，一臉愕然。

這是哪裏來的妖風？一下子就打倒了這些人，其中還包括藍星第一刺客！

「咦，原來藍星第一刺客看起來也就是個普通的大叔啊！」布布路指着一個手持長劍、昏死在地的男人嚷道。

餃子再度無語，這小子在意的地方永遠都那麼出人意料！

「我們得救了嗎？」賽琳娜難以置信地看向同伴們。

「未必！」帝奇的警戒心沒有鬆懈半分，眼睛一眨不眨地盯着那股逐漸消失的旋渦氣流。

那陣不明來歷的妖風中，來人的真面目漸漸顯現 ——

那是一個旋轉着的人！一個身着黑袍、臉戴鐵面具的人！扮相異常眼熟！

「好像阿不思呀！」布布路心直口快地叫起來。

究竟是誰？如此強大！

對方如舞蹈般優雅地單腳着地，停了下來，氣流也隨之消

失，鐵面具之下，一雙漆黑的眼睛閃出冰冷的寒光。一股緊張和窒息感隨之在空氣中彌漫開來。

連刀架在脖子上都不皺眉頭的獅子曜也瞬間神情大變，他目光灼灼地盯着對方臉上冰冷的鐵面具，難以置信地喃喃道：「是你？怎麼可能是……」

看見獅子曜的表情有些動搖，對方縱身上前，殺氣畢露。大家這才意識到，這個打倒所有刺客的高手不是救星，而是一個新的暗殺者！

御風者的青色罪印
MONSTER MASTER 18

新世界冒險奇談
第四站 STEP.04

阿不思與御風族
MONSTER MASTER 18

石破天驚的雙舞

　　驚恐和絕望像烏雲一般壓頂而來，誰也沒料到，還有第四股勢力！更可怕的是此人剛一出場就擊敗了前面三撥強勁的敵人。

　　不等大家過多思考，那人就開始行動了——

　　他動作輕緩，踮起雙腳，拂起衣袖，黑袍如惡魔的翅膀倏然展開，像跳舞般優美地旋轉起來。那人越轉越快，快到身體表面竟浮起一股古怪的螺旋形的氣流⋯⋯

才一眨眼的工夫，那人帶起的氣流已經移動到了布布路他們面前，嗖──四個人加四不像被齊齊撞飛，來不及做出任何反應。

布布路被拋飛的瞬間，看到一股凌厲的白色氣流從那人的袖口中噴薄而出，有如一柄利刃，朝着獅子曜直刺過去！餃子也察覺到了對方的暗招，用盡全力將長辮甩了過去。

啪的一聲，那人伸出另一隻手拽住了餃子的長辮，將他狠狠甩了出去。

布布路三人只聽到一聲悶叫，餃子如斷線的風箏一般，足足被甩出去十幾米遠，暈倒在地。

其他人連翻了好幾個跟頭，才勉強維持住平衡，然而着地後顯然也來不及阻擋敵人的殺招了！完蛋了，這次委員長大人是真的性命不保了！

生死攸關的瞬間，一個熟悉的人影驀地出現在獅子曜的前方，竟然是獅子堂的同伴阿不思！原來他也在「神隱之家」！

奇怪的是，阿不思的眼神卻不像平時一般平和，而是釋放着某種異樣的光芒。

他雙拳飛舞，竟也有一道氣流從掌心緩緩生出。

轟──阿不思猛然發力，那氣流呼嘯而出，和來人周身旋轉的氣流轟然對撞。

雖然阿不思倉促而成的氣流不如對方的強勁，但還是改變了對方氣流的軌道，生生化解了直衝獅子曜而來的殺招。

阿不思並未就此鬆懈，而是繼續上前搶攻，對方也當仁

不讓。

　　雙方出手都看似輕盈，實則深藏殺機。一時之間，空氣中盡是兩人交手時留下的殘影，彷彿一幀幀慢放的電影，勾勒出兩個舞者精妙絕倫的舞姿。然而與這美妙的畫面形成殘酷對比的是，兩人周身的螺旋氣流在激烈對撞中以摧枯拉朽之勢將只剩一半的大宅徹底夷為平地。

　　「噢噢噢，阿不思好厲害啊！居然能和那麼強的對手打得不分上下！」布布路歎為觀止。

扶着餃子的賽琳娜卻十分不安，眉頭深鎖地低聲道：「我不像餃子一樣深諳古武術之道，但阿不思看起來一直在快速地見招拆招。快得好像不用通

過思考，是身體下意識的反應……」

「他們彼此好像很熟悉，這種熟悉體現在他們無論是招式還是氣息都驚人的相似，所以在旁觀者看來兩人實力不分上下，但實際的戰況卻難以預測……」

帝奇的話還沒說完，戰局已經出現了變化——

阿不思在側身躲閃後，來不及穩住腳步，那人的掌風就朝他劈面襲來。

哐噹一聲，阿不思臉上的鐵面具被打落在地，整個人也被迫後仰到幾乎貼地的狀態。

「糟糕，阿不思被擊中了！」賽琳娜驚叫起來，她終於明白自己的不安來自何處了。對手原本比阿不思技高一籌，阿不思靠對對手的熟悉也只能抗衡一時，對戰時間一長，實力高下就立見分曉了！

見勢不妙，布布路三人衝了上去。誰料，那人非但沒有對阿不思乘勝追擊，反而警覺地閃向一邊，幾個起落之後，消失在了眾人眼前。

怎麼回事啊？那人怎麼落跑了？

就在布布路三人大惑不解的時候，遠遠地，女僕大嬸帶着怪物大師管理協會的援軍闖了進來。

布布路三人頓時鬆了一口氣，癱坐在地上：「大嬸，還好有你！」

「那當然！」女僕大嬸得意地拍拍胸口，「在這裏工作三十多年，我已經面對過一百三十五場暗殺，早就是『熟練工』了。」跟着，她又向獅子曜匯報道，「委員長大人，獅子堂少爺做任務去了，僕人們都提早放工，無一傷亡！」

看女僕大嬸駕輕就熟的樣子，布布路三人不由得張口結舌，心想：一百三十五場暗殺？當委員長真是太不容易了！

面具下的真容

對了，阿不思！布布路他們回到阿不思身邊，想看看他是不是受傷了，結果一看之下，全都如遭雷擊，當場呆住了——

咦？咦？咦？啊！啊！啊！這柔和的臉部線條……還有這清秀冷峻的五官……怎麼看都是個好看得有些過分的女孩子啊！

阿不思是女孩子？

布布路三人的腦袋裏如同點燃了一千克的炸藥，噼里啪啦地爆炸——過去和阿不思相處的畫面像幻燈片一樣在眼前閃過，不論是雕像狀的阿不思，滿口枯燥禪文的阿不思，還是和餃子切磋古武術的阿不思，全都和眼前這個少女搭不上任何

關係！

布布路驚訝得下巴都要掉了，四不像也震驚地繞着阿不思連連怪叫。

「布魯，布魯布魯！」

沒了鐵面具的阻擋，他們可以清楚地看到阿不思的表情極其古怪，氣息也相當紊亂。

從他們認識以來，阿不思的氣息一直是沉穩的，即便是在迷霧島的絕境之中，他，不，是她，一直表現得波瀾不驚，彷彿連死亡都只是人生所要面對的修行之一而已，然而此刻的她周身有一股不穩定的氣息在遊走，彷彿隨時都能掀起驚濤駭浪。

更奇怪的是，她的神色極其複雜。

阿不思似乎也察覺到了自己的不對勁，她努力調整呼吸，站了起來，並從衣袍裏取出一張全新的鐵面具戴上。

戴上面具的瞬間，她恢復了往常雕像般的禪定狀態。

儘管大家的內心還猶如波浪翻騰，久久不能平靜，但「神隱之家」今夜的暗殺危機總算解除了。熊獸族、女蟲族和矛隼被一羣怪物大師精英押走了。

奇怪的是，獅子曜的神情卻比之前顯得更為嚴峻，和留下的幾個管理協會幹部商討着甚麼。

餃子悠悠醒轉過來，發現阿不思如雕塑般杵在旁邊，驚訝地從地上彈了起來：「咦？阿不思前輩，您怎麼也來了？」

可惜進入禪定狀態的阿不思毫無反應。

賽琳娜心有餘悸地向餃子解釋了一遍，歎道：「幸好阿不思及時趕到，之後女僕大嬸又請來怪物大師精英們當救兵，我們這才死裏逃生！」

「這樣啊，看來學分又被精英隊給搶了！」餃子哀怨地看向殘垣斷壁後的獅子曜，「不知道委員長大人有甚麼打算。」

餃子本是自言自語，誰知道布布路竟然一本正經地回答道：「委員長爺爺說今晚的事可能和『那項計劃』有關係。不知道那項計劃是甚麼……」

「這小子怎麼回事？居然偷聽我們談話！」一個管理協會的幹部聽見了布布路的話，發出生氣的咆哮。

「我沒有偷聽，只是聲音傳到了我耳朵裏而已！」布布路昂首挺胸地說。

賽琳娜三人頓時頭疼了，一個不留神，布布路居然和管理協會的人較上勁了！他這「惡魔之子」的名號可還讓不少人耿耿於懷呢！

餃子正想替布布路解釋，他身後猛地躥出一個人影，像飄移一般，挪到獅子曜身邊。

是阿不思！阿不思今晚第一次出聲了，隔着冰冷的鐵面具，她的聲音顯得尤為沙啞低沉：「委員長，這事是不是和御風族有關係？」

「御風族？」別說布布路了，連餃子三人都沒聽說過，他們不由得都好奇地湊過來。

隱祕的繪圖師一族

幹部們的臉色更加難看了，有人指責道：「現在的預備生真是一點規矩都不懂了！不該聽的偏要聽，不該問的偏要問！」

獅子曜卻和顏悅色地對他們擺了擺手，轉向布布路他們說：「御風族是從蠻荒時代就存在於藍星的一個部族，他們不斷地挑戰着人類認知世界的極限，功勳卓越，卻鮮為人知。這些先行者用生命丈量着這個世界，他們的腳步決定了人類的未來。可以毫不誇張地說，他們是藍星有史以來最偉大的探索者和繪圖師！」

「噢噢噢，您的意思是御風族的人都很會畫圖嗎？」單細胞的布布路一臉天真地問。

「御風族畫的可不是普通的圖畫，而是地圖。」獅子曜耐心地解釋道，「眾所周知，目前藍星已有九成地域是已經被探明的，但鮮為人知的是，這九成地域的原始地圖數據，全部出自御風族之手！」

「哇，好厲害！」布布路敬佩不已。

「據我所知，自百餘年前至今，藍星的地圖標示面積就沒有再擴大或更改過。」餃子托着下巴，若有所思地沉吟道，「這說明御風族是從那個時候開始不再繪製地圖了嗎？難道他們族中發生了甚麼變故？」

「與其說是變故，不如說是慘痛的代價！」獅子曜語氣沉重地說，「他們在不斷探索新地域的過程中，需要面對各種突如

其來的挑戰：接觸全新的種族、文化；踏入兇險異獸的領地；翻過巨鵬也無法飛越的山峯；深入猛獸也不敢踏足的沼澤；穿越永遠看不到邊際的荒漠……這一切都是在沒有任何外族的支援與補給的情況下完成的，最終他們損兵折將並且身染惡疾，只能舉族隱居，韜光養晦，並要求管理協會絕不能對外宣傳他們的事跡。」

「哇！」隨着獅子曜的講述，布布路腦中掠過一幅幅生動的畫面，一臉敬佩地感歎道，「我爺爺說過，能在偉大的功勳下保持一顆謙虛之心的人是最值得尊敬的，御風族真是偉大啊！」

協會的幹部們聞言都愣住了，沒想到這個無厘頭的預備生說出的話倒是有幾分道理。

只是他們還沒來得及發表更多意見，帝奇已經指出了問題的核心：「說了這麼多，御風族和今晚的刺殺行動究竟有甚麼關係，可否直言相告呢？」

「一直以來，我們都懷疑『食尾蛇』的老巢隱藏在藍星各處仍未探明的那一成神祕地域中。上個月，在管理協會一場針對食尾蛇的會議上，老夫提出了一項計劃——」提到食尾蛇，獅子曜的神情凌厲了幾分，嚴肅地說，「希望御風族能再度出山，與怪物大師管理協會共同探查那一成的未知地域。」

「原來這就是早上雙子導師所說的意義重大的事。」餃子恍然明白了。

「一定是這個計劃引起了食尾蛇的警覺，為了保護他們的老巢，所以使陰招來刺殺委員長大人。」賽琳娜憤憤地說，「真

是卑鄙無恥！」

　　「不只是食尾蛇，那廣闊的未知地域中究竟藏着甚麼，誰也不好說，因此這個計劃會觸及某些人的利益，也可能會招致其他勢力的反對，就算在怪物大師管理協會，能義無反顧地做這件事的也只有獅子曜委員長大人了。」一個幹部吹捧般說道。

　　「不管出於何方勢力的指使，熊獸族、女蟲族和矛隼受到高昂賞金的利誘，前來刺殺老夫，這本無可厚非。但那第四個刺客……」說到這裏，獅子曜神情古怪地瞥了阿不思一眼。

　　想到那人和阿不思如出一轍的穿着和招式，大伙兒都把目光集中到阿不思身上。

　　「那人是御風族的，也是在下的族人。」阿不思淡然地說。

　　這句話猶如平地驚雷，讓所有人都怔住了。

預備生人氣大考查

Q02

如果在你執行保鏢任務時,你所保護的對象遭遇刺客,你覺得當時的場面會是甚麼樣的?

A. 一片混亂,你陷入手足無措的狀態(1分)

B. 同伴出現,與你並肩作戰(7分)

C. 你守護的對象突然大發神威,原來他是為了引蛇出洞(3分)

D. 你帶着守護對象找機會趕快逃跑(5分)

■即時話題■

餃子: 阿不思前輩不愧是我崇拜的真正的男子漢,居然能和那第四撥來襲者打得不分上下!嘖嘖,對方可是一下子就把我給摔暈了!我突然覺得自己好差勁,和阿不思前輩之間的武功隔着高山隔大海!想當年,在迷霧島的對戰,他完全沒有用上御風族的武功,是不是覺得穩贏我?

布布路: 嗯,應該是吧!

賽琳娜: 笨蛋布布路,餃子明顯是在求安慰。

布布路: 求甚麼安慰?

帝奇: 求「你謙虛了,其實你不差,也是個了不起的男子漢,總有一天功夫會好過阿不思」之類的安慰。

布布路: 可爺爺教育我,做人要誠實,不能隨便撒謊!

餃子(吐血): 嘔──布布路你為甚麼一定要在我的傷口上撒鹽?!

布布路: 我……有嗎?

賽琳娜(拉布布路和帝奇,小聲耳語): 看來我們絕對不能告訴餃子阿不思是女孩子的事,不然他要說我們把他埋在鹽堆裏了!

布布路: 嗯,我聽大姐頭的。

帝奇: 哼,無聊。

完成這個測試後,你可以判定自己作為一個怪物大師預備生的人氣到底有多高。

測試答案就在第十八部的第 225 頁,不要錯過喲!

測試答案就在第十八部的第 225 頁,不要錯過喲!

這是成為怪物大師的必經之路!!!

尊敬的讀者:現在你跟隨布布路一起踏上了成為怪物大師的道路!向所有的困難發起挑戰吧!

MONSTER MASTER / BRAVE DREAMS

御風者的青色罪印
MONSTER MASTER 18

新世界冒險奇談
第五站 STEP.05

絕不可能的敵人
MONSTER MASTER 18

刺客是她？

沒想到，最後那個憑藉一段輕盈的旋舞就輕鬆秒殺了三撥高手而毫髮未傷的人，竟然和阿不思一樣都是御風族的人！

御風族是武力如此強大的部族嗎？可是，已經隱居的繪圖師為何要來刺殺獅子曜呢？難道也是覬覦那十億賞金嗎？還是他們跟食尾蛇有甚麼關係呢？

大家的腦子裏一下子塞滿了問題，然而在布布路他們提問前，管理協會的幹部們先炸開了鍋——

「甚麼？御風族的人竟然襲擊委員長？」

「管理協會可一直在保護着御風族，他們怎能恩將仇報？」

「御風族如果不願意和我們管理協會聯手，完全可以拒絕啊，為甚麼要跑來刺殺委員長呢？」

見大家情緒激動，獅子曜不得不做了個手勢，示意大家安靜：「老夫認為這事大有蹊蹺。幾日前，老夫曾獨自前往慧壽丘，和御風族的族長婆婆進行了會晤。我們溝通得很順暢，族長婆婆十分樂意與管理協會合作，其他族人也對老夫的提議深表贊同。並且，老夫還得知了當年御風族隱居的緣由——

「御風族人自幼便學習獨特的『呼吸法』，以自由駕馭體內的氣而聞名於世，族人往往能日行百里、身輕如燕，這也是他們探索世界的獨門絕技。但百年前，御風族人在探索兇險的未知地域時元氣大傷，患上了呼吸衰竭之症。以呼吸法見長的御風族，竟然無法再正常呼吸，這無疑對他們全族是致命的打擊，而且這古怪的病非但無法治癒，還會遺傳給後代，御風族人因此陸續死去，幾乎滅族。他們只好回到他們一族的發源地慧壽丘，據說這片山區有一種特殊能量，能調節人們的呼吸，他們的先祖也正是在這裏領悟出呼吸法的。為了生存和血脈的延續，他們不得不停下丈量世界的腳步，回到慧壽丘休養生息。」

「御風族人自強、隱忍並守諾，老夫相信他們不會做出表裏不一的行為！更重要的是，那個刺客雖然是御風族的人，但卻是個絕不可能出現的人，不，應該說是個不可能存在的

人⋯⋯」說到這裏，獅子曜轉向阿不思，意味深長地說，「阿不思，你應該也認出那人是誰了吧？」

「是的，在下第一眼就認出她了，她⋯⋯她正是先妣！」阿不思的語氣說不出的古怪，帶着令人壓抑的沉重感。

聽到先妣一詞，周圍頓時響起一陣倒抽冷氣的聲音，唯有布布路抓了抓後腦勺，不明所以地問：「鉛⋯⋯筆？甚麼意⋯⋯」

布布路話沒說完，餃子就捂住了他的嘴巴。

「笨蛋！」帝奇無奈地翻了個白眼。

賽琳娜傷腦筋地按着太陽穴，小聲對布布路耳語道：「先妣是一種古代的叫法，意思是去世的母親。」

甚麼？阿不思去世的母親跑來刺殺獅子曜委員長？布布路瞠目結舌地看着阿不思，一句話都說不出來了。

疑雲重重

怪不得阿不思如此反常，獅子曜委員長也是一臉陰雲密佈，誰能想到襲擊者會是一個已經去世的人呢？！

「會不會是弄錯了？又或者是有人冒充阿不思前輩的母親？」餃子難以置信地喃喃道。

「不可能。」阿不思斬釘截鐵地否認道，「家母在世時修習的古武術，一半源自御風族先祖，一半由自己悟出，相合之後自成一體！方才的交手中，來人出招運氣和家母一模一樣，在

下不會認錯，也不認為有人可以如此完美地冒充她！」

「難道是黃泉又用《墮天錄》喚醒了亡者？」賽琳娜記起了威爾榭基地的情形。

怪物大師管理協會的幹部們顯然也對《墮天錄》早有耳聞，周圍再度一片嘩然，幹部們開始擔心食尾蛇的爪牙是否已經滲透到了御風族內部。

餃子努力梳理着現有的信息，關切地問阿不思：「前輩既然也是御風族的一員，那不用留在慧壽丘休養生息嗎？」

阿不思遲疑片刻，開口解釋道：「經過百餘年的休養生息，大部分族人已經恢復正常。而且家母並沒有遵循族內通婚的傳統，而是嫁了一個外來人，因此在下並非純正的御風族血統，自幼便沒有受到呼吸衰竭之症的困擾。」

阿不思的面具讓大家看不到她的表情，但從她周身比平日還要低幾度的氣場來看，對阿不思而言，其特殊的身世必然曾讓她在族內有過不愉快的經歷！

「那你的父親現在在哪兒呢？他會不會知道一些你所不知

道的關於你母親的事？」賽琳娜小心翼翼地問。

「在下自記事以來從未見過家父，御風族內也對此三緘其口。家母過世後，在下跟隨委員長前往摩爾本十字基地，也曾想過要去尋找家父，但人海茫茫，實在無從找起。」阿不思的語氣雖然平和，卻隱隱透着遺憾。

阿不思坎坷的身世令布布路四人不勝唏噓。想到自己的父親，布布路對阿不思的處境更是感同身受。

一片靜默中，獅子曜神情凝重地開口了：「老夫認為，今天之事如果真是食尾蛇組織所為，那恰恰證明老夫的推測沒錯，食尾蛇的領地很可能就位於那一成的未知領域中。現下，最令人擔心的是御風族。今日的刺殺事件恐怕只是一個開始，以食尾蛇的作風，他們勢必會採取更為激進、恐怖的行動來永絕後患！所以，老夫打算即刻出發，前往慧壽丘一探究竟。」

「我（在下）也要去！」布布路和阿不思異口同聲地說。

「委員長，在下願隨您重回慧壽丘！」阿不思主動請纓道，「在下絕不允許家母的遺體被食尾蛇所利用！若真是有人假扮家母，也極有可能是御風族的人，在下必將此人揪出，絕不任其辱沒家母的名聲！」

「委員長大人，我們也跟您一塊兒去！」那羣怪物大師管理協會的幹部也集體響應。

「不，老夫和御風族的族長婆婆早有約定，除了老夫之外，不能讓任何怪物大師進入慧壽丘。」獅子曜卻擺了擺手，駁回了他們的請求。

幹部們知道獅子曜向來一諾千金，只好不再作聲。

「我們和阿不思也不能去嗎？」布布路十分着急地說。

「我們當然可以去。」餃子狡黠地搶話道，「委員長大人答應的是不能讓怪物大師進入慧壽丘，我們只是預備生而已，又不是怪物大師！所以，隨行的任務就交給我們吧！」

獅子曜露出一個高深莫測的微笑，點頭答應帶阿不思和吊車尾小隊一同前往慧壽丘。

看着獅子曜從容不迫的樣子，餃子突然想到：委員長大人對於今晚的刺殺似乎早有預料，可他既不增添防禦力量，也不消除怪物禁制，還讓家丁都提早下班，只讓我們幾個預備生留在家……

想着，餃子猛地一激靈，彷彿聽到獅子曜對他們說：「這是一個多麼好的鍛煉機會，你們要感謝我啊！」

微息之地

在一羣幹部的目送下，獅子曜絲毫沒有架子地坐上了甲殼蟲，賽琳娜誠惶誠恐地啟動甲殼蟲，向御風族隱居的慧壽丘飛馳而去。

一路上，布布路他們悄悄觀察着阿不思，但阿不思一如既往地進入了禪定狀態，如一尊雕塑般盤腿坐在後車蓋上，完全看不出有任何情緒變化。

倒是餃子因盤旋的山路而暈車，吐得驚天地泣鬼神，讓獅子曜着實「大開眼界」。

「我們到了。」天色漸明，甲殼蟲下了一條山道，後車蓋傳來了阿不思沒有起伏的刻板聲音。

噗 ——刺！甲殼蟲突然熄火，一個急剎車之下，布布路三人差點被甩出去。

不等賽琳娜回頭詢問，布布路已經指着前方，大叫起來：「喂，你們快看！」

大家仰首一看，遠遠地，空中竟然飄浮着細小的水珠。這些水珠乍看之下是靜止的，但仔細觀察就會發現，它們其實是在以一種極其緩慢的速度緩緩下落。

「這是雨嗎？怎麼落得這麼慢？」賽琳娜一臉狐疑地問，說話間，她感到呼吸有些困難。

「慧壽丘雖然是山地，卻有着比琉方大陸最高峯天山更為稀薄的空氣，和完全相反的重力環境。這裏的『氣』彷彿有

着自己的意識，即使大口呼吸，能被吸進肺部的也極少，你們初來乍到一定很難適應，只能放緩動作，減少身體對於氣的需求，慢慢適應。」阿不思像一團黑霧般飄下甲殼蟲，「一般的交通工具因重力問題無法在慧壽丘行駛，在下建議各位步行。」

　　一行人跟着阿不思下了車，沒走幾步，布布路他們的嘴脣就因缺氧而微微發紫。他們呼吸急促，步履也飄忽不定，雙腿難以控制。

　　「嗚嗚，這一路我吐得死去活來，現在又缺氧，搞得腦子一片空白了……委員長，看在我們如此努力的分兒上，一定要給我們好分數啊……嗚嗚嗚。」餃子怏怏地哭訴着。

　　　　　　　　獅子曜像是沒聽見似的，慢悠悠地跟在幾個預備生後面，那從容的樣子令人難以分辨他是否受到慧壽丘特殊環境的影響。

「阿不思，你怎麼一點都不累呢？」布布路納悶地問。

　　走在最前面的阿不思不急不慢地回答道：「御風族修習的呼吸法原本就是『自然之道』，所謂『人之生，氣之聚也。聚則為生，散則為死』。氣乃人立足於世的根本，在下即使不在慧壽丘也時刻保持修行狀態，對於在下而言，現

在只是常態而已。」

　　大家似懂非懂地聽着阿不思的話，也都慢慢地試着調理起自己的氣息，只覺得酸痛發漲的頭腦似乎隨着氣息的調整漸漸地有所緩和。

　　「阿不思，你們家族的自然之道好神奇啊！」布布路由衷地欽佩道。

　　「常年修習自然之道能同萬物共生，與天地同歲，」阿不思波瀾不驚地說，「所以我們族人長壽者很多……」

　　她話音未落，突然，一團青苔似的東西從她身後的岩石縫中伸出，一把纏住她的手腕。

　　甚麼怪物？大家全都驚懼地瞪大了眼睛。

御風者的青色罪印
MONSTER MASTER 18

新世界冒險奇談
第六站 STEP.06
意想不到的變故
MONSTER MASTER 18

御風族的守門人

「阿不思，小心啊！」布布路四人警覺地叫起來，紛紛吃力地朝着阿不思走去。

然而阿不思卻無半點慌亂之色，對着那塊岩石行禮道：「黑歲爺爺，好久不見！」

咦？這是個人嗎？布布路他們吃驚地看着那覆蓋在岩石表面的青苔怪異地蠕動着，一個全身覆滿青苔的矮胖老人走了出來。

「這位是御風族的守門人黑歲爺爺。」阿不思向布布路他們介紹道,「自在下記事以來,就一直是黑歲爺爺看守着慧壽丘的入口。黑歲爺爺深諳自然之道,早已突破人類界限,與自然融為一體,而他的年紀也遠遠超越常人,大得連他自己都記不清了。」

「黑歲大爺,又見面了!」獅子曜熱情地上前與黑歲握手,同時介紹了布布路四人,「這幾個孩子都是摩爾本十字基地的怪物大師預備生。」

「歡迎各位蒞臨慧壽丘。來來來,快把這個藥吃了。」黑歲慈祥地笑着,用樹皮般溝壑叢生的手從破爛的袍子口袋裏掏出幾顆黑乎乎的藥丸,遞給布布路他們。

哪有人一見面就給人發藥丸吃的?而且,那幾顆藥丸散發出一陣辛辣的怪味,布布路他們面面相覷,誰也不敢接。

「不要怕……這是富氧丸,是用此處特產的富氧草製成的,能補充體內氧氣含量,快速緩解缺氧症狀。」黑歲像是看穿了布布路他們的心思,連忙解釋道,「咱們御風族的小孩,從一出生起就會服用富氧丸,一顆藥丸能保證一天的正常呼吸。」

說話間,獅子曜已經一仰脖吞下了一顆富氧丸。阿不思也在一旁點了點頭,證實黑歲所言非虛。

餃子的狐狸眼中精光一閃,自來熟地說:「既然這藥丸這麼靈,不如多給我們幾顆,如果我們要在慧壽丘多住一陣子,就不用再來麻煩黑歲爺爺了。」

布布路三人心領神會地望着餃子，餃子的眼中分明流露着「一顆富氧丸大概能賣上一千盧克」的心思。

「那可不行！」黑歲一口回絕，吹着鬍子道，「富氧草的氧氣濃度根本不是人體能承受的，所以才需要將它製成低濃度的藥丸，一次只能吃一顆。一旦適應低氧環境後就不宜再度食用，因為長期服用富氧丸，非但沒有好處，還會給人體造成致命的損傷。」

布布路他們只好乖乖地吞下藥丸。那藥丸雖然氣味難聞，但服下之後再按照阿不思教授的方法調整呼吸，他們的身體很快就輕快起來，連因在「神隱之家」打掃庭院和抵抗暗殺者而酸痛的肌肉也放鬆了。

「噢噢噢，富氧丸好神奇！」布布路神清氣爽地又活了過來。

四不像新奇地從黑歲手裏搶了一顆藥丸，可才剛把藥丸塞進嘴裏，就呸的一聲吐了出來，然後跳到布布路頭上，撒氣般地亂撓一通。

餃子不甘心地問道：「請問富氧草是甚麼植物？為甚麼我以前從沒聽說過？」

「富氧草是只生長在慧壽丘的植物。喏，那就是！」黑歲指向遠處，只見雲霧繚繞的地平線方向，隱隱有一片直入雲霄的巨大陰影，布布路他們之前還以為那是一座山峯。

「富氧草長得好高啊！」賽琳娜不禁感歎道。

阿不思卻露出了疑惑的表情：「在下記得富氧草明明和普通的草一般大小，如今為何長得如此之高？」

「八年前，富氧草突然不知緣由地開始猛長。」黑歲掐着手指計算道，「我估計現下富氧草至少已有三千米高了，好在它的藥效並未受影響，所以族人只是慌亂了一陣子，就不再關心了。」

「原來如此……」餃子摸着下巴，也不知在想甚麼。他旁邊的阿不思突然撩起衣袖，只見她的左臂上竟然起了一大片紅色的小疹子。

「這恐怕是你長期沒有服用富氧草而出現的過敏反應。沒關係，族中也有些人會有過敏反應，很快就會沒事的。」黑歲上前檢視後，得出結論。「好了，我先帶你們進村吧。」

出乎意料的噩耗

黑歲領着布布路一行在崎嶇的丘陵山區穿行，看他那靈活自如的模樣，很難想像他比他們所有人都要老。

「走過這片梯田，就到了我們的村落。」黑歲停在一片臺階般錯落有致的梯田前，交代道，「我還要看門，只能送到這裏了。」

布布路他們告別黑歲，順着梯田間蜿蜒的小徑，步入村落。

地面像水波一般高低起伏，一棟棟原木搭建的房屋依地形而建，外觀雖未經雕飾，卻古樸而大方，屋頂上都鋪着柔軟的茅草，裊裊炊煙從煙囪中升起。

街上大部分御風族人都戴着風格各異的鐵質面具，穿着自

製的黑布長袍。看到布布路一羣人進入村落，小孩子們好奇地想要湊近看看，卻被他們的父母關進了家裏。三三兩兩的族人遠遠地湊在一起竊竊私語。

「他們好像不太歡迎我們來這裏啊！」布布路悻悻地說。

「你們有沒有注意到每家每戶的門口都掛着一朵白花？」帝奇瞇起眼睛，視線謹慎地掃過道路兩邊。

大家這才注意到，每一棟房屋的門楣上方都掛着一朵用白色粗布紮成的花朵，還有一些婦女聚集在一起，神情肅穆地將白色的布條纏繞在長長的竹竿上。

「她們這是在做招魂幡嗎？」餃子乾巴巴地開着玩笑。

「情況不妙。」阿不思幽幽地說，「根據御風族的喪葬習俗，只有家中有人過世，才會在正門的門楣上掛白花，並在家門口豎起招魂幡。」

「不會吧？」賽琳娜難以置信地說，「現在可是家家戶戶都掛出了白花，難道說有那麼多人同時去世了嗎？」

「在下看來，還有另一種可能。」阿不思推測道，「恐怕是族中有位極其重要的大人物過世了。」

大人物過世？難道食尾蛇真的對御風族動手了？布布路他們不由得緊張起來。

說話間，他們來到了族長婆婆家門口，獅子曜輕輕叩響了老宅的門板。大門吱呀一聲打開了，開門的不是族長婆婆，而是一個身材魁梧的中年大叔。

「里安，族長婆婆在嗎？老夫比約定的時日早了兩天來拜

訪……」

獅子曜話說到一半，就被打斷了。里安神情悲戚地說：「我很抱歉，委員長大人，族長婆婆她……她去世了。」

新任族長

御風族的族長婆婆去世了！突如其來的噩耗令布布路他們大驚失色。

「老夫前不久才見過族長婆婆，當時她的氣色看起來很好，怎麼會突然就去世了呢？」獅子曜不敢相信地問。

里安正要說甚麼，一個女聲突然從後方傳來：「里安，婆婆的葬禮馬上就要開始了，你還不趕緊去幫忙！」

聲音傳來的瞬間，里安的臉上閃過一絲憎惡的神情，但很快就恢復原狀。他深深地朝獅子曜鞠了一躬，沉聲道：「委員長大人，我先走了。您放心，作為婆婆的貼身侍從，我一定不會讓婆婆死不瞑目的！」

從里安的話聽來，族長婆婆的死似乎存有蹊蹺。

布布路他們相互交換着眼神，而里安已經快步離開，他轉身之前特意瞥了阿不思一眼，卻沒有和她打招呼。

「您是哪一位？」獅子曜的疑問拉回了布布路他們的注意力，只見一羣高大精壯的御風族人簇擁着一位身穿紫色裘袍、飾有獸角、頭戴羽毛裝飾的女子疾步走來。

獅子曜的神情和語氣都十分平靜，布布路他們卻大大地吃

了一驚 —— 這個被人羣簇擁的女子不論身形還是體態全都十分眼熟。

「啊，你不是……唔唔……」布布路正要開口，賽琳娜眼疾手快地一把摀住了布布路的嘴巴。

其他三人心照不宣地互看了一眼 —— 這人像極了最後出現在「神隱之家」的刺客！

「獅子曜委員長，我乃御風族新任族長 —— 暹羅，因忙於族長婆婆的葬禮，不知您大駕光臨，有失遠迎。」暹羅向獅子曜鞠躬施禮，起身後，一道銳利的目光在布布路一行身上迅速掃過，最後定格在阿不思身上，冷冰冰地說，「阿不思，你回來了？」

「暹羅姨母 ，好久不見。」阿不思淡然地打招呼。

布布路四人恍然大悟，原來暹羅是阿不思的姨母，難怪她和阿不思的媽媽那麼像！他們不約而同地想到：莫非，那個進入「神隱之家」刺殺委員長的人不是阿不思的媽媽，而是……

暹羅微微頷首，再度轉向獅子曜，一本正經地說：「委員長遠道而來，必有要事，只是今日要舉行族長婆婆的葬禮，您看我們是不是擇日再談？」

「您所言極是，公事可以暫緩，請先帶我去族長婆婆的靈堂祭拜吧，暹羅族長。」獅子曜面容沉痛，看樣子和族長婆婆交情不淺。

「請跟我來！」暹羅領着眾人朝族長婆婆的靈堂走去，目光未在阿不思身上多停留一秒。

「阿不思，沒想到……你居然還有個姨母？」賽琳娜頓了一下，礙於周圍人多眼雜，只能神色複雜地壓下內心真正想傳遞的信息。

「在下知道諸位心中所想，但在下不認為那個刺客是她。她的修為遠不及家母的境界！」阿不思彷彿看透了大家心思般回應道。

「不管怎麼說，你還有其他親人真是太好了！」布布路關切

地拍了拍阿不思的肩膀。

　　然而阿不思卻搖了搖頭，鐵面具在逆光之下，彷彿鍍上了一層悲哀的色澤，她語氣生硬地說：「暹羅雖是在下在世間唯一的親人，但在下卻寧願自己不曾有過這位姨母，那樣的話，家母或許就不會慘死了！」

　　甚麼？阿不思母親之死跟她的姨母有關係？布布路四人震驚地面面相覷。

尊敬的讀者：現在你跟隨布布路一起踏上了成為怪物大師的道路！向所有的困難發起挑戰吧！

預備生人氣大考查

Q03 倘若你在執行任務的過程中，突然聽到自己的一位預備生同伴講述其坎坷身世，你會對他有甚麼感想？

A. 對他非常同情（7分）
B. 覺得事不關己，對方很無聊（1分）
C. 覺得他不分時間和場合地談論這個話題是不對的（3分）
D. 覺得他不會平白無故地說起這個話題，懷疑和此次任務有關，關心地進一步詢問（5分）

■即時話題■

餃子： 不開心，被那羣幹部說我們不懂規矩！

賽琳娜： 說起來，怪物大師管理協會的許多幹部都不是靠武力值當選的，他們多半是在才智方面見長，或者具備優秀的管理能力。畢竟管理協會需要協調發生在藍星各地的大小事宜，還要統管那麼多的怪物大師，實在不容易啊！

餃子： 大姐頭，你的意思是讓我們不要和這些幹部計較？

賽琳娜： 嗯，畢竟這次是獅子曜委員長遇襲，事關重大，可能他們都急了。

阿不思： 古語有云：「天下有大勇者，猝然臨之而不驚，無故加之而不怒。」故在下認為，協會的幹部不管面對何人何事，最好能控制情緒，做到滴水不漏。只是普通人要達到如此境界實屬不易，在下所知之人中，僅委員長有此修為。而在下尚在修行中，希望有朝一日，能以此境界。

餃子： 阿不思前輩，我發現您有時也挺毒舌的，而且語不驚人死不休！

布布路： 甚麼意思？我沒聽明白。

帝奇： 阿不思的意思是，協會的幹部修養不夠。餃子的意思是自己很遜，阿不思把他不敢說的話都說了。

完成這個測試後，你可以判定自己作為一個怪物大師預備生的人氣到底有多高。

測試答案就在第十八部的第225頁，不要錯過唷！

御風者的青色罪印
MONSTER MASTER 18

新世界冒險奇談
第七站 STEP.07

難以釋懷的往事
MONSTER MASTER 18

訣別之夜

　　得知阿不思母親的去世另有隱情，幾個人與暹羅的隊伍刻意拉開了一段距離。

　　避開了御風族人後，賽琳娜才小心翼翼地低聲問阿不思：「這到底是怎麼一回事啊？你願意告訴我們嗎？」

　　「此事說來話長……」鐵面具下，阿不思眼中閃爍着幽幽的光芒，緩緩地講述起過去 ——

御風族是一個母系部落，族中的女性不論是在氣息的運用、繪圖技術，還是在領導能力上，都凌駕於男性族人之上，所以一直以來，都是由公認的能力最強的女性擔任族長。

　　阿不思的母親阿蒂婭天賦異稟，從小在各方面都十分出色，被族長婆婆早早地指定為族長繼承人。

可在阿蒂婭成年後，卻做出了令族人蒙羞的出格行為——她和一個來自外面世界、身份不明的年輕人相愛了，他們不顧一切地結了婚，生下了阿不思。可惜，他們的戀情未能地久天長，在阿不思出生前，她的父親因為某些原因離開了慧壽丘。

阿不思從小受到族人的厭惡和排擠，她的家門上總是被人貼上帶有詛咒字眼的布條，走在街上也會被其他孩子追打，那些孩子罵她是「流着異族血液的髒小孩」、「沒有爸爸的可憐蟲」。就連母親唯一的妹妹——暹羅姨母也不喜歡阿不思，總是用一種冷冰冰的目光看着她。

母親身為族長繼承人，承受着巨大的壓力，她一邊協助族長婆婆料理族中事務，一邊還要應付族人的伺機刁難。她總是早出晚歸，可不管多累，她每天都會早早起來給阿不思做好一天的食物。

小時候，每當受到其他孩子的欺負，阿不思總會悶悶不樂地回家問起父親的事情。母親都會慈愛而又堅定地告訴阿不思，她的父親是一個傑出的人，只是有些事情暫時還不能告訴她，等她長大以後，一定會見到父親的。阿蒂婭還教導阿不思，修習自

然之道的人要學會控制自己的情緒，做到對任何事都寵辱不驚。

阿不思對母親的話深信不疑，就算面對再多的流言蜚語，她也努力做到像母親一樣淡然處之。

然而她絕沒有想到的是，給她的生活帶來翻天覆地變化的人，居然會是自己的姨母——暹羅！

在阿不思六歲那年的一個夜晚⋯⋯

夜深人靜，熟睡的阿不思突然被一陣陰風凍醒，她發現母親並沒有睡在身邊，不遠處的練功房裏卻傳出陣陣爭吵聲。

阿不思睡眼惺忪地來到練功房外，她看到母親安靜地盤坐在地，像平時練功時一樣雙目緊閉，暹羅則面向母親站在屋子裏。

「母親大人，暹羅姨母，這麼晚了，你們怎麼不睡？」阿不思疑惑地問。

母親一動不動，沒有任何反應，暹羅卻猛地回過頭來。

阿不思嚇了一跳，因為她清楚地看到，暹羅平日冷漠的臉上寫滿了兇狠和厭惡，她獰笑着對阿不思說：「阿不思，你知不知道我有多麼討厭阿蒂婭？從小她就比我聰明，比我優秀，所有人都喜歡她，可她還不知足，竟做出和外族通婚的醜事，還生下你這個血統不純的孽種！她這麼大逆不道，根本不配做族長的繼承人！」

說完，暹羅一個箭步衝出練功房離開了。

「母親大人，您剛才和姨母吵架了嗎？」阿不思呆呆地走上前，伸手推了推母親，誰知母親的身體竟轟然倒了下去！

阿不思用一根手指顫顫巍巍地探向母親的鼻子，發現母親已經沒有了鼻息，連身體也冰冷得可怕！

蹊蹺的死因

阿不思又急又慌，不顧一切地衝出家門，拍打着鄰居的門，求他們救救她的媽媽……很快，被驚動的族人紛紛趕來，而跟在族長婆婆身後的暹羅竟然裝出一副甚麼事情都不知道的樣子。

為母親屍檢的醫生告訴族長婆婆，母親死於嚴重的內臟損傷。

御風族的人修習自然之道，尤其擅長禪修，通過訓練呼吸和運氣，來對自己進行力量訓練。不過，這種訓練要求練習者必須平心靜氣，不能有一絲雜念，否則極容易走火入魔，傷及內臟。

在御風族的歷史上，因為練功急於求成而傷及自身的族人不在少數，所以一聽到阿蒂婭的死因是內臟受損，族人們立刻厭惡地竊竊私語起來。在他們看來，阿蒂婭和外族通婚已經是令部族蒙羞的事，現在竟然又在練功的時候因雜念而害了自己，真是咎由自取。

「你們胡說！我母親才不是走火入魔！」阿不思再也忍不住了，紅着眼睛，急切地說，「是暹羅！我親眼看到她殺了我母親！」

暹羅對阿不思的質問一言不發，只是冷冷地看着她。

「阿不思，你在胡説甚麼？」其他的族人連忙衝上來，拉住阿不思，「我們知道你母親的去世讓你悲痛欲絕，但你不應該污蔑你暹羅姨母！她今晚一直和我們在族長婆婆家裏練習禪修，從沒離開過！」

包括族長婆婆在內，很多人都為暹羅做了不在場證明。

一個人怎麼可能同時身在兩個地方呢？

沒人相信阿不思，阿不思覺得孤獨、委屈、怨恨，她意識到自己只能孤軍奮戰。

從那之後，她每天都站在暹羅必經之路上，既不哭也不鬧，只是定定地看着經過的暹羅，鍥而不捨地問着同一句話：「為甚麼要殺我的母親？」

阿不思就這樣日復一日地追着暹羅，不知疲憊地質問着，不吃不喝，不眠不休。族裏所有的人都更加認定她因為傷心過度而發了瘋。

在族長婆婆的示意下，阿不思被關了起來。

被關的日子裏，慈祥的族長婆婆每天都來和阿不思談心，撫慰她失去母親的傷痛，也向她解釋暹羅的無辜。

阿不思的回應只有沉默，因為她怎麼也不能接受，一向聰慧平和的母親，會在練功的時候急於求成，誤傷自己。

數日後，族長婆婆覺得阿不思應該沒事了，就把她放了回去。

沒想到，被放出去的當天，阿不思又守在了暹羅的門口……

阿不思再次被關了起來。

通往明日的遠行

接下來的近半年時間裏，阿不思就重複着這樣的生活：被關起來教化，放出後又立刻去找暹羅，然後再被關起來。她的一意孤行讓族人漸漸喪失了對她的同情心，到最後，每個人看到她都像看到瘟疫一樣，避之不及。

剛巧在這個時候，獅子曜委員長來御風族拜訪族長婆婆。得知阿不思的事之後，他主動提出，要把阿不思帶到摩爾本十字基地去接受訓練。族長婆婆欣然同意。

阿不思起初不肯跟獅子曜走，獅子曜語氣平靜地問：「阿不思，你這樣執着地想要得到一個真相，你知道甚麼是真相嗎？」

「我親眼看到暹羅殺了我的母親，」阿不思氣息奄奄地说，「難道這不是真相嗎？」

「沒錯，可是你的族人們也親眼看到暹羅和他們在一起，他們也會認為那才是真相。」獅子曜將着鬍子，意味深長地说，「你們都是親眼所見，那麼究竟誰說的才是真相呢？古話說『眼見為實』，可老夫卻覺得應該是『眼見為虛』。因為眼睛是會騙人的，一旦被親眼所見的假象左右自己的情緒，陷入執念之中無法自拔，那就永遠都無法得知真相了。」

阿不思抬起雙眼，若有所思地看着獅子曜。

「既然所有人都認為你媽媽是死於走火入魔，我想只有等你擁有你媽媽的修為之後，才能悟出真相。」獅子曜向阿不思伸出了手，溫和地说，「現在的你還沒有那個能力，所以，你願不

願意跟我去十字基地學習，提高自己，等待有能力探求真相的那一天？」

就這樣，阿不思來到北之黎，成為一名怪物大師預備生。

從來到十字基地的那天起，她開始專注於練習禪定。

禪定是御風族修習自然之道的關鍵，除了要求修習者控制呼吸外，還需要練習者的心中絕無雜念，包括仇恨、貪婪、喜悅、嫉妒、憤怒在內，所有的情緒都會影響禪修的效果，甚至會對練習者造成傷害。

起初，執著於母親去世真相的阿不思根本無法摒除雜念，但一想到獅子曜的話，她就開始努力學習控制自己的情緒。終於，她能禪定一分鐘了，接下來是兩分鐘、三分鐘、一小時……

兩年後的某天，阿不思竟然在十字基地的中央廣場上平心靜氣地禪定了一整夜！

禪修讓她放下了心裏的包袱，漸漸深入領悟到了自然之道的奧祕，提高了自己的修為，更讓她能夠用心去參悟身邊的所有人和事，結識了精英隊的三個摯友。

　　從那之後，十字基地裏開始出現了著名的「復活雕像」怪談……

御風者的青色罪印
MONSTER MASTER 18

新世界冒險奇談
第八站 STEP.08
暹羅的證明
MONSTER MASTER 18

葬禮上的紛爭

原來阿不思和她的姨母之間竟然有着如此錯綜複雜的過往，難怪兩人的關係不像一般親人那樣親近。

「有趣啊，有趣！」餃子摸着下巴，想到了甚麼。

「這麼悲傷的往事哪裏有趣啊……」布布路紅着眼眶，吸着鼻子，不明就裏地問。

「假設阿不思前輩的族人們說的是真的，當晚暹羅的確跟他們在一起，那麼那晚不就和這次針對委員長的襲擊一樣，出

現了一個不可能出現的襲擊者嗎？」餃子敏銳地捕捉到了阿不
思敘述中的重要信息。

「莫非這兩次襲擊有甚麼聯繫？」賽琳娜徵詢般地看向同
伴們。

「的確有趣！如果時間跨度如此之久的兩次事件真的有聯
繫，那我們看到的恐怕只是冰山一角。」帝奇沉吟道。

「當時醫生診斷家母死於內傷，如果不是家母練功走火入
魔，那便只可能有個內功強大的人擊碎了家母的內臟⋯⋯如今
想來，的確蹊蹺，希望在下這次能找出真相，以告慰家母的在
天之靈。」

說話間，一行人已經來到了族長婆婆的靈堂前。

御風族的族人全都穿着素裝，靈堂裏一片肅穆，族長婆婆
的棺木靜靜放在靈堂中央。在暹羅的指引下，布布路他們跟着
獅子曜一起，在婆婆的遺像前上香、跪拜。

然後，暹羅抱起族長婆婆的遺像，莊嚴地領頭走出靈
堂，八名族人抬起棺木，送葬的隊伍跟緊暹羅，緩緩向着墓地
走去。

沿途哀樂陣陣，白幡飄飄，御風族人低聲吟唱着只屬於他
們一族的送葬之歌。

途中，阿不思特意在母親的墓地前停留了片刻。母親的墓
穴完好無損，並不像有人破壞過的樣子。

送葬的隊伍很快進入了墓地，停在為族長婆婆準備的墓
穴前。

「落棺！」在暹羅沉穩的指揮下，棺木緩緩地落入墓坑。

突然，暹羅的一側衝出一伙人，為首的人大喝一聲：「慢着！不能落棺！」

入葬儀式被打斷了，布布路他們詫異地看過去，那人竟是剛才在族長婆婆家裏看到的里安大叔。

里安盯着暹羅，義憤填膺地高喊道：「我不服！我們都不服！御風族族長的位子絕不該讓暹羅來坐！」

「放肆！」暹羅的手下厲聲道，「有話私下裏談，不許在婆婆的葬禮上撒野！」

「私下？之前我私下找了暹羅多次，她卻對我愛理不理，根本不給我說話的機會。我看她就是心虛，不敢與我對質！」里安氣勢逼人地對眾人說，「我里安服侍族長婆婆三十多年，對婆婆忠心耿耿，婆婆也對我信賴有加，可我從沒聽婆婆說過要把族長的位置傳給暹羅！」

里安在族中也頗具聲望，他的話引起了族人們對暹羅的猜忌，所有人的目光都集中到暹羅身上。

「讓暹羅繼位，是族長婆婆的臨終遺言，當時只有暹羅一人

在場，你當然不會知道。」暹羅的手下不客氣地回應。

「胡說！」里安氣得面紅耳赤，像發怒的野獸般咆哮道，「婆婆的身體一向健康，怎麼會突然在祠堂裏去世？更重要的是，那兩日我恰巧家中有事，不在婆婆身邊，結果她就出事了！除了暹羅和她的手下之外，誰也沒見到婆婆最後一面，這也太可疑了吧？這叫我如何相信婆婆的死不是另有隱情？！」

里安的話，引起送葬隊伍裏七嘴八舌的討論：「是啊，怎麼會那麼巧，婆婆去世的時候，剛好只有暹羅一個人在場？」

「這裏面一定有鬼，說不定是有人為了當族長而害死了婆婆！」

「不能就這樣不明不白地下

葬，我們要求開棺檢驗！」里安趁機說。

墓地裏一下子炸開了鍋，開棺驗屍可是件很嚴重的事情。御風族自古以來都認為死者應該入土為安，讓族長婆婆的遺體重新暴露在光天化日下，顯然是大不敬的行為。

「夠了！你們可以質疑我的能力，但不可以污蔑我的人格！」暹羅冷冷地望着里安那羣人，厲聲道，「開棺驗屍是對婆婆的褻瀆！我絕不允許你們這麼做！」

「哼，你也好意思談人格？」里安冷笑着開始翻舊賬，「當年阿蒂婭暴斃，你真的問心無愧嗎？現在想來，只要是妨礙你爬上族長寶座的人，不管是你的親姐姐，還是族長婆婆，你都不放過，是不是？」

說完，他刻意朝着阿不思的方向投去一個意味深長的眼神。

御風族的人們都驚疑地竊竊私語。

族長婆婆的突然過世本是件讓人傷心的大事，如今卻蒙上一層黑暗的氣息，一時間，他們也拿不定主意要相信哪一方。

「看樣子，阿不思前輩的姨母能不能坐穩這個族長之位還不好說啊！」餃子小聲地對三個同伴低語道。

四人下意識地偷偷看向旁邊的阿不思，她卻只是直挺挺地站着，完全不為所動的樣子。反而是獅子曜捋着鬍鬚，像是在思考着甚麼。

「住口！」暹羅顯然被深深地刺痛了，她拔高嗓音喊道，「就算阿蒂婭還活着，她也早就不是我的對手了！如果你們有任何

異議，就用實力來說話 ──」

　　說着，暹羅一把扯下自己的面具，她的臉猝然暴露在眾人面前，一縷縷猶如青筋般凸起的紋路有如墨汁般，在她的臉上蔓延、遊走，一眨眼的工夫就擴散到脖頸、手臂，直至全身……

　　周遭原本稀薄的空氣在這一刻驟然變得如鋼筋水泥般沉重，暹羅周身散發出一陣陣暗湧的殺意……

終極境界──無限呼吸

　　眾目睽睽之下，暹羅摘下面具，露出了臉上觸目驚心的青色紋路！

　　「噢噢噢，簡直就像有個看不見的人在暹羅皮膚上畫畫！」布布路看得目瞪口呆。

　　餃子三人的心跳不自覺地加快了，儘管並不明白那青紋代表着甚麼，但是暹羅散發出來的那股氣息已經向在場的所有人證明了自己的實力。

　　墓地裏瞬間鴉雀無聲，所有人都驚愕地望着暹羅，連阿不思的身體也顫抖了一下。

　　剛才帶頭抗議的里安更是目瞪口呆，難以置信地喃喃說道：「暹羅，她竟然做到了……」

　　「現在，誰還對接任族長的人選有異議？」暹羅重新戴上面具，目光威嚴地掃視全場。

　　沒有人出聲，所有族人都恭恭敬敬地向暹羅低下了頭。里安一伙似乎還有些不服氣，但當暹羅銳利的目光投射向他們的時候，他們的臉上全都浮現出了難掩的恐懼，一個個暗暗咬着牙，戰戰兢兢地低下了頭。

　　暹羅的手下藉機造勢，高聲嚷嚷道：「暹羅是我們御風族當之無愧的新族長！御風族從今往後將全心全意地服從暹羅族長的領導！致敬，暹羅族長！致敬！」

　　「致敬！致敬！」御風族人紛紛加入吶喊，墓地裏回蕩着震天的回響。

　　暹羅滿意地頷首，氣宇軒昂地揮了揮手臂，大聲道：「落棺！」

　　這次再沒人敢出聲阻止。肅穆無聲的哀悼中，布布路他們注意到，里安一伙全都安靜下來，一個個乖乖地聽從暹羅的指揮，再也不敢生事了。

　　這到底是怎麼回事啊？為甚麼他們的態度突然轉變，統統認可了暹羅的族長身份？

　　帶着重重疑問，葬禮結束了，人羣三三兩兩地散去。

　　布布路他們忍不住交頭接耳起來：「那個里安大叔一看到暹羅臉上的青紋，就不敢再反對她了。這青紋到底有甚麼名堂啊？」

　　「青紋代表了御風族武功的終極境界 ——『無限呼吸』。」阿不思沉聲說，「『無限呼吸』乃是我族人共同的修行夢想，傳說只要練成『無限呼吸』，便能獲得上古風神的力量，可以

聚氣為力，化氣為神，塑鐵骨金身，無處不能自往……」

「原來如此。老夫曾聽族長婆婆說起過，御風族雖隱居慧壽丘，卻從未遺忘先祖的遠大志向 —— 繪製完整的藍星地圖。而只要練成『無限呼吸』，就能突破任何極端的地形，包括未探明的那一成地域。因此他們歷代都刻苦修習呼吸法，希望達到『無限呼吸』的境界，老夫對此非常欽佩。」獅子曜捋了捋鬍鬚，突然話鋒一轉，「如今暹羅作為第一個練成『無限呼吸』的人，無疑成了御風族的最高境界者，是振興繪圖師一族的希望，其他人自然對她心服口服。」

「最高境界嗎？……」餃子心中思量着，之前阿不思說暹羅的修為遠不如她的母親，因此排除了她偽裝成刺客的嫌疑，但如今似乎變得不確定了。

賽琳娜和帝奇交換了個眼神，顯然他們也和餃子想到了一起。而阿不思面具後的眼睛中隱隱透出了一絲迷惘。

這時，暹羅走過來，客氣地對獅子曜說：「委員長，你們的住處已安排妥當，請跟我來。」

暹羅在前面領路，布布路他們跟在後面，可是越走越不對勁 —— 他們拐出了村落，還穿過了農田，四周的景色變得荒涼起來。

「族長阿姨，你要把我們帶到哪兒去啊？」布布路撓着後腦勺，困惑地問。

暹羅指着不遠處一座又圓又高的小山丘說：「方才聽聞委員長昨晚遭遇刺客，所以我想讓你們入住圓包山的山頂小屋。

圓包山是離村落最近的山丘，山上植被稀少，視野極好，暗殺
者想要不被察覺地溜上山幾乎是不可能的，此外我也委派了一
隊人負責守衞，你們可以安心住宿。」

「照我看，不管是溜上山還是溜下山，都很容易被發現
呢！」餃子意有所指地調侃道，「呵呵，這地方豈不是個被監控
的絕佳之地？」

「你多慮了。」暹羅不動聲色地略過這個話題，將他們送
到小屋前，「各位先行休息，稍後會有人送餐過來。我還有事

要忙，與委員長的商談就定在明日，如何？」

「好，」獅子曜點頭，「有勞暹羅族長了。」

進入小屋，裏面堆滿了御風族多年積攢下來的地圖手稿和各種繪圖工具，看得人眼花繚亂，歎為觀止。

但是因為昨晚大動干戈，加之舟車勞頓，大伙兒便沒太多閒情逸致欣賞這些手稿，很快就進入各自的客房休息。頭一沾枕頭，布布路就進入了夢鄉……

預備生人氣大考查

Q04 如果你同伴的母親已去世多年，但她的死存在難解的謎團，你會怎麼處理這個問題呢？

A. 主動幫助同伴一起去解開謎團（7分）

B. 不認為這是需要自己關心的問題（3分）

C. 如果同伴向自己求助，就會幫忙，反之則認為自己無權插手對方的私事（5分）

D. 到處宣揚這件事（1分）

■ **即時話題** ■

布布路： 阿不思，你們御風族的人為甚麼都喜歡戴着一張鐵面具啊？

阿不思： 在下的先祖們多為女性，她們行走於藍星各地繪製地圖，難保不會遭遇窮兇極惡之徒。雖說先祖們的武功修為都不差，但為了避免麻煩，她們都戴上了鐵面具，一來掩蓋女性特質，二來起到震懾作用。長此以往，戴鐵面具成了御風族的習俗。如今已經演變成，地位越高者的鐵面具越是華麗。比如我的姨母，繼承族長之位後，她的面具增添了羽毛、獸角和裘皮這些裝飾。當然也有族人不喜戴鐵面具，族內並未規定每個人必須戴鐵面具，所以各位也能見到一些不戴面具的族人。

布布路： 哦哦哦，聽起來好講究呀！

帝奇： 有啥講究的，歸根結底一句話——御風族戴鐵面具就是為了嚇人！

餃子： 帝奇，你能不能不要那麼實誠，多點……嗯，說話的藝術？

帝奇（翻白眼）： 不能！

完成這個測試後，你可以判定自己作為一個怪物大師預備生的人氣到底有多高。

測試答案就在第十八部的第 225 頁，不要錯過喲！

（MONSTER MASTER）

LOVE MONSTER DREAMS

這是成為怪物大師的必經之路！！！

尊敬的讀者：現在你跟隨布布路一起踏上了成為怪物大師的道路！向所有的困難發起挑戰吧！

御風者的青色罪印

MONSTER MASTER 18

新世界冒險奇談
第九站 STEP.09

母親的遺書
MONSTER MASTER 18

老宅疑雲

夜幕降臨，慧壽丘籠罩在一片朦朧的夜色之中。

「布魯！」四不像的一聲怪叫將布布路從酣睡中驚醒，他一睜開眼就看見四不像飛一般地衝出房門。

布布路聳了聳鼻子，聞到了一股食物香味。

呃，四不像這麼有幹勁，果然是為了吃！

布布路來到客廳，獅子曜、賽琳娜、餃子和帝奇都已坐在餐桌前，四不像則不顧禮節地大吃特吃着，唯獨不見阿不思的

身影。

「阿不思可能還沒睡醒，我去叫她。」賽琳娜起身走向阿不思的房間，沒一會兒就跑回來，手裏還拿着一張紙條，憂心忡忡地說：「阿不思離開了！」

大家急忙湊過去看那張紙條：

在下回一趟老宅，各位無須擔心。

——阿不思

「原來阿不思是回自己家去了啊。」布布路鬆了口氣。

「事情沒那麼簡單，之前提到暹羅是第一個練成『無限呼吸』的時候，阿不思前輩的樣子有些古怪，我總有種要出大事的感覺，」餃子擔心地說，「何況食尾蛇很可能潛伏在暗處，單獨行動太危險了。」

「那我去把阿不思找回來！」布布路自告奮勇地站起身來。

「餃子剛說不要單獨行動，你就反其道而行啊！」賽琳娜一把拉住布布路，獅吼功震得布布路的耳朵嗡嗡作響，「不如我們兩兩分組吧，一組去找阿不思，一組留下來保護委員長。」

「我留下！」帝奇第一個表態，照情形來看，委員長遭遇襲擊的概率更大，而他認為自己更適合防範危險。

「論防禦能力，我們中擁有『水之牙』的大姐頭更勝一籌，所以拜託大姐頭和帝奇一起留守。我和布布路一起去找阿不思前輩。當然，我會看緊這小子，不讓他惹麻煩。」

餃子衝賽琳娜和帝奇遞了個萬事小心的眼神後，帶着布布路離開了圓包山。

四不像也不情不願地抱了一堆吃食，鑽進布布路的棺材裏，和兩人一起去了。

村落裏正值晚餐過後，布布路和餃子不知阿不思的家在何處，於是在村裏溜達着，恰好遇見了從族長婆婆家出來的里安。

里安神情悲切，顯然還在哀悼着族長婆婆。看到布布路和餃子後，他趕緊用衣袖擦了擦眼眶中的淚花，擺出一副嚴肅的面孔問道：「兩位怎麼跑到這兒來了？」

「我們想找阿不思……」布布路話沒說完，被餃子捂住了嘴巴。

「我們是阿不思的好朋友，」餃子搶過布布路的話頭，接口道，「我們晚飯吃得多，出來散散步。」

「你們是那孩子的朋友啊？」里安打量着兩人，若有所思地說，「當年，阿不思是個倔強的孩子，在阿蒂婭去世後，她就像瘋了一樣，任何人的話她都不聽。不過這次回來，我感覺她整個人都脫胎換骨了，那分安靜和沉穩的樣子，看起來有點……像阿蒂婭了。」

「阿不思很厲害喲，是我們預備生中的精英！」布布路毫不吝嗇地誇獎起阿不思。

餃子則順勢打探道：「說到阿不思前輩的母親，里安大叔，您真的覺得當年的事情和暹羅族長有關係嗎？」

一聽到暹羅二字，里安眼中頓時閃過一抹厭惡，但隨即他又趕緊收起了情緒，緊張地看了看四周，壓低聲音說：「這個嘛……我只是覺得這件事有蹊蹺，不能排除任何人的嫌疑。不過，我也沒有證據，她現在也成了當之無愧的族長，算了，還是別提這件事了……總之，自從阿不思離開慧壽丘後，族長婆婆就封了她家的房子，勒令族人不得靠近……對了，你們兩個散散步就趕緊回去睡覺吧，可千萬別壞了我們御風族的族規，跑去那個地方！」

里安似乎仍對暹羅心存懷疑，但是礙於暹羅族長的地位和強大的實力，所以話說了一半就自覺地打住了。

「大叔，阿不思家的房子在哪兒啊？」布布路興致盎然地問。

「就在那邊 ——」里安小心地指了個方向，又有些後悔般地拉住布布路，強調道，「千萬別過去！」

「您放心，我們做事一向很有分寸，絕不會給御風族添麻煩！」

餃子圓滑地將布布路拉到另一邊。

里安半信半疑地看着餃子拖着布布路反身往圓包山的方向去了，卻不知道兩人在村外繞了大半圈，去的正是阿不思家。

面具上的留言

阿不思的家位於村子一角，不僅位置偏僻，而且雜草叢生，黑咕隆咚的宅子在夜色下透着陰森的氣息。

布布路好奇地想推門進去，卻被餃子出手攔住了。

「布布路，你仔細看，這座宅子的門窗上貼滿了元素禁制符，強行撕下或者意外損壞，都會大爆閃光，恐怕立刻就會被趕來的御風族人圍堵，弄不好還會牽連委員長……」餃子傷腦筋地說。

「那我們怎麼辦呀？」布布路苦惱地看向餃子。

「這個嘛……嗚哇！」餃子正開動腦筋，突然肩膀一沉，一隻手悄然無聲地搭到了他的肩膀上。

不好，被發現了！餃子顫顫巍巍回頭一看 —— 原來是阿不思定定地杵在他身後。

「阿不思前輩，原來是你啊。」餃子頓時鬆了一口氣。

「大家都說單獨行動太危險了，所以我們來找你啦！」布布路一臉誠懇地對阿

不思說。

「餃子君，布布路君，勞煩兩位特地來找在下，真是過意不去。」阿不思感激地行了個禮，「兩位不妨跟着在下進入家中休息片刻，在下有些事情要辦……」

「可……怎麼進去呢？」布布路猶豫地指了指貼在門上的元素禁制符。

「請跟在下來。」阿不思不慌不忙地帶着兩人繞到房子的一側，輕鬆地推開一面牆。原來那裏有一扇隱藏的暗門。三人貓下身子，一個接一個鑽了進去。

阿不思家的宅子顯然很久沒有人踏足了。屋裏落滿厚厚的灰塵，地板腐朽得斑駁脫落，木頭傢俱也咯吱作響，到處都殘敗不堪。

空氣中充斥着腐朽刺鼻的霉味，布布路忍不住噴嚏連連。阿不思徑直走到一張方桌前，拿起了一張生鏽的鐵面具。

餃子跟過去，問道：「阿不思前輩，你在尋找甚麼嗎？」

「在下今日看到暹

羅姨母使出『無限呼吸』，突然想起家母去世時，在下揭開她的面具，也曾看到她臉上有青色紋路一閃即逝，但由於在下當時過於悲傷，並未就此多做思考……」阿不思幽幽地盯着手中屬於母親的面具，彷彿陷入了久遠的回憶。

「難道阿不思前輩的母親才是第一個練成『無限呼吸』的人？」餃子飛快地反應過來，「所以，前輩懷疑暹羅是因此才對你母親痛下毒手的嗎？」

「在下也不清楚，只是很思念家母。在下記得母親說過，她每日刻苦練功是為了守護讓我們能幸福生活的家園，並非追求甚麼呼吸法的最高境界……」阿不思說着，一滴晶瑩的淚珠從她的鐵面具下無聲滑落，滴在了那張鏽跡斑斑的鐵面具上。

「咦？」布布路驚奇地嚷嚷，「我沒看錯吧，這面具……是在發光嗎？」

當阿不思的淚水滴到面具上時，面具上突然閃現出一條條細小的藍色光線，那些光線由模糊到清晰，最後竟匯聚成一行行奇怪的文字。

一看到那文字，阿不思就好像一隻受到驚嚇的黑鳥，發出沙啞的聲音：「這是家母的筆跡！小時候我經常跟她玩缺筆畫的暗號遊戲。」

「看來是阿不思前輩的眼淚啟動了隱藏在面具上的留言。」餃子也湊上前來。

阿不思將缺少的筆畫補全後，三人一起讀起阿蒂婭留在面具上的話：

自古以來，御風族認為「氣」是人生命的基本能量，族人自幼修習呼吸法，藉由呼吸協調遊走在身體內的能量，達到與自然的一種微妙平衡，從而起到強身健體的目的；也有更高深的修習者，能將呼吸法融會貫通後，更為自由地調動能量，並與古武術融合，成為百裏挑一的武術高手。

而御風族中一直存在着一個傳說，族中若出現萬裏挑一的天才，就能真正掌握呼吸法的精髓，突破人類體能以及認知的束縛，達到天人合一的境界，那便能領悟呼吸法的最高境界 ——「無限呼吸」。

傳言習得「無限呼吸」者，能獲得上古風神的力量，可以聚氣為力，化氣為神，塑鐵骨金身，無處不能自往。

可惜的是，千年來始終無人達到這樣的境界，自然也無人能知「無限呼吸」究竟如何。

從小，我被公認為族中百年難見的天才，成為最接近「無限呼吸」的人。

可惜，和其他族人一樣，我遲遲沒能成功……就在我最迷惘無助的時候，我遇到了我的丈夫 —— 尼爾。他廣博的見識讓我望塵莫及，他的儒雅與溫柔讓我開始覺得，也許生命的意義並不是只有族人的理想和抱負。我不顧族人的反對，和他在一起組成了家庭，生下了可愛的女兒。

但那幸福的時光如同白雲蒼狗，轉瞬即逝，數年後，尼爾出於責任和使命，不得不離開我，回到他自己的故鄉去。離開前，尼爾意味深長地對我說，我們的一生就像在一條漫長的道路上

行走，過程中難免遇到自己無法逾越的高牆，每當這時，也許我們應該做的並不是忘我地努力向上攀越，而是停下來，向後退一步，好好審視自己，找到屬於自己的方法。

尼爾走後，我反覆思考他的話，思考御風族修習呼吸法的初衷，並盡力感受自己身體的原力和能量。有一天，我驚喜地發現，自己竟然窺見到了「無限呼吸」的窗門，當我試着將自身能

量逸散出去時，我能清晰地感受到山川河流、青草綠葉間那生生不息的脈動，我感到我的氣息能與它們融合，甚至能調動和運用它們。

就在我練成「無限呼吸」的這個瞬間，我感受到了一個無法抗拒的聲音在召喚着我，那種召喚並非摻離着恐懼或者誘惑，而是象徵着某種感情色彩，彷彿扎根於血脈之中，好像我跟這個聲音的擁有者已經認識很久很久……我無法揣測它是甚麼，只知道那是一種人類難以理解的生靈。它的本體我無法形容，但我能感受到它的古樸蒼老，以及被時間消磨得殘缺不全的形態。也許，它就是傳說中的風神。

感受到它的那一刻，我渾身的汗毛都豎了起來，我意識到，「風神之力」絕非人類能夠駕馭，或者說它根本就不該存在於世上。我知道，我必須將它永遠封印起來。也許練成「無限呼吸」的人就是被選中的人，這是我不可推卸的真正使命，如果尼爾在我身邊，他一定會理解和支持我。

阿不思，我最親愛的女兒，如果有一天，你看到這些文字，那就說明我已不在人世，希望你能原諒我這個不稱職的母親，原諒我沒能陪伴你成長。因為我所做的一切，是為了更多的母親和孩子。

阿不思，對不起，媽媽永遠愛你……

母親的留言喚起了阿不思無數的回憶，她彷彿聽見母親在對自己耳語，這讓她平靜的心泛起了漣漪，久久說不出話來。

餃子也在凝神思索着，總覺得好像抓到了謎團的線頭，但真相卻還曲曲折折，辨不清方向，需要進一步的探查。

「我們問問委員長爺爺吧，也許他知道『風神之力』是甚麼呢！」布布路建議道。

「在下正有此意。」阿不思謹慎地將鐵面具收進黑袍裏，準備離開。

鑽出暗門前，阿不思留戀地回頭看了看，她的眼角餘光掃過櫃子上的一個玩偶，那玩偶看起來像極了黑歲爺爺。

這玩偶是甚麼時候擺在這裏的？阿不思不記得了，不過這卻提醒了她，母親在世時十分信任守門人黑歲爺爺。聽說黑歲爺爺是看着母親長大的，也曾指導過母親練功，或許他會知道甚麼……

御風者的青色罪印

MONSTER MASTER 18

新世界冒險奇談

第十站 STEP.10

一夜城

MONSTER MASTER 18

消失的圓包山

　　布布路、餃子和阿不思三人目瞪口呆地站在茫茫夜色中。

　　飄揚的戰旗、堅固的大門、尖銳高聳的木柵，他們眼前赫然是一座氣勢磅礡的巨大要塞，本位於此處的圓包山竟然被憑空出現的巨大要塞包裹住，連山頂都看不到了！

　　布布路驚得眼珠都要飛出來了：「我們是不是走錯路了？」

　　阿不思猛地朝布布路飄過來，語氣肯定地說：「在下絕對沒有走錯路。」

「大姐頭他們還在山頂的木屋裏，不知道木屋還在不在。」餃子拉下面具，用天眼掃視過去，發現木柵錯綜複雜，連天眼也辨不清層次，「噢噢噢，這要塞大有名堂，我們趕緊聯絡大姐頭詢問一下情況吧！」

餃子慌忙掏出卡卜林毛球，連捏好幾下，毛球絲毫沒有反應，根本聯繫不上大姐頭他們。

這時，身後一陣腳步聲紛至沓來，暹羅帶着她的手下腳步匆匆地出現在大家面前。

「暹羅族長，這是怎麼回事？」布布路生氣地質問道，「委員長，還有大姐頭、帝奇他們到哪裏去了？」

「我還想問你們呢！巡夜的守衛剛才慌慌張張地來通知我這裏出事了。」暹羅難以置信地望着眼前這座巨獸般匍匐在夜色中的要塞，轉頭看向布布路三人，「你們不是和委員長住在一起嗎？為何擅自離開了？」

「他們只是陪着在下回了一趟家。」阿不思揚起黑色的長袍，像隻巨鷹一般，警惕地將布布路和餃子護在身後。

暹羅原想再走近幾步，看到阿不思的反應之後，便站住不動了。倒是她的手下開始交頭接耳，發出不安的私語：

　　「無端多出一座城，這也太可怕了吧……」

　　「接二連三地發生怪事，咱們會不會是遇上甚麼大麻煩了？」

　　難道除了族長婆婆的事，御風族中還出現了其他怪事？餃子腦子一轉，立刻捕捉到了這些人話中的重點。他不動聲色地往前跨了一步，站到阿不思身邊，煞有介事地說：「暹羅族長，按理說我們不該過問你們族內之事，但獅子曜委員長現下在你們的地盤上遇到了危險，此事非同小可，當務之急，是盡快探明真相。」

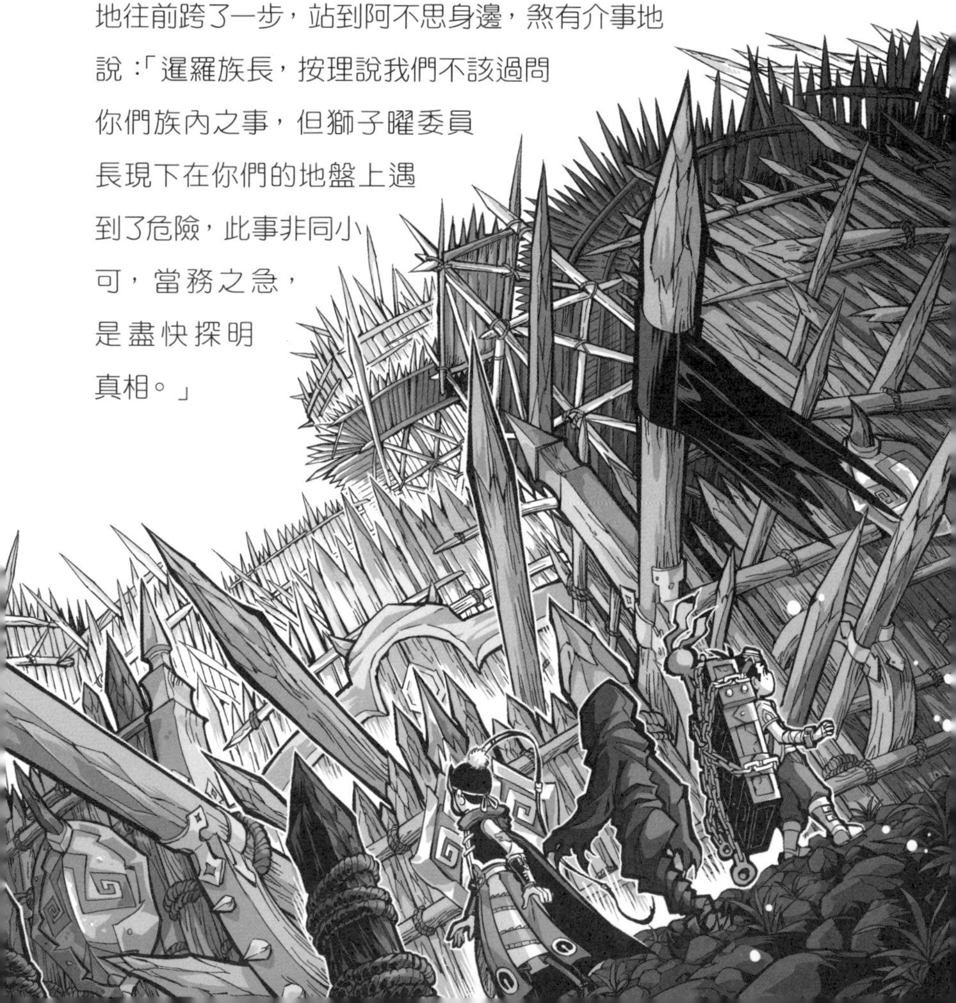

　　說到這裏，餃子刻意頓了頓，用更為鏗鏘有力的聲音說：「現在任何細節都可能是線索，敢問御風族最近有沒有其他可疑的事發生？」

　　暹羅似乎有些遲疑，過了好一會兒，她沉聲道：「實不相瞞，其實里安的懷疑是對的，族長婆婆的去世的確有蹊蹺。」

　　隨後，暹羅說出了族長婆婆去世的始末——

　　兩天前，暹羅和族裏的一些骨幹接到通知，族長婆婆讓他們去商談一件重要的事。

　　可他們在祠堂裏等了很久，也沒見到族長婆婆。他們又到族長婆婆的家裏去找，卻也不見她的蹤影。從鄰居口中得知，族長婆婆一大早就出門去祠堂了。

　　族長婆婆失蹤了！

　　直到晚上，暹羅才在村子的水井旁找到族長婆婆的屍體，最令人心悸的是，族長婆婆屍體的水分都被蒸發殆盡，活像一具木乃伊。

　　為避免造成混亂，暹羅決定不讓村民看到族長婆婆的屍體，而是先讓婆婆入土為安，再暗中調查原因。

　　如此說來，族長婆婆的屍體被發現的時候，「神隱之家」也正發生着刺殺獅子曜委員長的事件，而那個絕不可能出現的暗殺者，竟然是阿不思已經去世的母親。

　　這絕不是巧合！餃子和阿不思對視一眼，彷彿嗅到了陰謀

的氣息。

「我知道了!」沒想到單細胞的布布路竟然率先出聲了,他咬着牙,憤憤地說道:「這也許是食尾蛇組織的警告,他們用接二連三的暗殺行動,向外界傳達一個信息 —— 不要試圖去探索藍星上那十分之一的未知地域!」

「食尾蛇組織?難道圓包山變成要塞也是食尾蛇的陰謀嗎?」暹羅稍一思量,仰頭道。

餃子並沒有附和,只是四下觀察着,他的腦中充滿疑問:如果真的是食尾蛇組織所為,他們的人是如何神不知鬼不覺地進入御風族的領地,在一夜之間建起一座要塞的呢?如果建起要塞的目的是擄走獅子曜委員長,為何要特意選擇此地呢?

不管事實究竟如何,從結果來推斷,暹羅練成了「無限呼吸」並成為族長,無疑是目前最大的獲利者,她會不會就是始作俑者,刻意賊喊捉賊呢?

守城怪蟲

大家看着這如巨獸般的要塞,總覺得陷入了一個巨大而未知的謎團之中。

「大姐頭、帝奇和獅子曜委員長有危險,我要去救他們!」布布路按捺不住地朝黑黢黢的要塞衝去。

嗖 —— 一條長長的黑影從地下猛地躥了出來。

月光下,那黑影尾部閃着寒光,筆直朝着布布路的心口戳

過來。

「呵！」布布路本能地像彈簧一樣跳起數米之高，避開了迎面而來的致命穿刺。

啪！啪！

下一秒大家看清了，那黑影是一條披着黑色甲殼的巨蟲。蟲身足有十幾米長，數米粗，頭部生有一圈彎鈎般的鋒利牙齒，尾部深深沒入泥土中，像一根巨大的堅硬長鞭，瘋狂而猛烈地朝布布路抽過來。被它抽打過的地面，碎石揚沙，留下一道道深深的溝壑。

「哇啊啊啊！」布布路手腳並用地躲閃，身形快如閃電。

暹羅和她的手下被布布路驚人的身手震撼，但很快，他們就不能繼續「欣賞」了，因為又有幾條同樣的巨蟲從土中突然躥出，朝着他們咆哮而來。

　　噌！噌！

　　餃子和阿不思同時縱身而出，兩人手中白光閃爍，藤條妖妖和騎士甲蟲躥出怪物卡。

　　「騎士甲蟲，分身凌亂！」

　　「藤條妖妖，藤針出擊！」

　　「嗡嗡……」騎士甲蟲瞬間分裂出成千上萬的細小分身，它們在半空中時而聚攏，時而分散，舞動着鋒利的上顎，見縫插針地噬咬着巨蟲甲殼之間的縫隙。

　　「唧唧……」藤條妖妖的四根藤條觸手繃成飽滿的弧形，像四把拉滿的弓，砰砰彈射出尖利的藤刺。那藤刺裹挾着凌厲的氣流，深深沒入幾條巨蟲堅硬的

皮甲。

「嗚嗷，嗚嗷！」受傷的幾條巨蟲發出令人毛骨悚然的嘶吼，它們奮力扭動，甩脫騎士甲蟲的纏繞，發狂一般朝着暹羅他們翻滾過去，一根根鋒利的牙鉤隆隆甩動，像一把把致命的鐮刀。

不論是被巨大的蟲身碾壓，還是被可怕的牙鉤刺到，後果都不堪設想。

暹羅敏捷地在巨蟲之間跳躍着，時不時地掃出幾道氣刃還擊。然而她的手下就差遠了，驚慌地四下奔逃，以他們的速度，很快會被巨蟲們毫不留情地碾殺。

眼看暹羅的手下就要遭殃，危急關頭，布布路奮不顧身地縱身一躍，竟飛身跳上了巨蟲的身體。受到驚擾的巨蟲拚命翻滾起來，布布路只能發瘋般地在它身體上奔跑，才能避免自己被捲下去。

一時間，布布路狂奔的身體只能讓人看清上半截，雙腿則變成了一團霧濛濛的殘影！

布布路一邊跑，一邊反手打開了背後的金盾棺蓋，一把從裏面扯出一團鐵鏽紅色的雜毛，他用雙手捧着那團雜毛，嘴裏胡亂大叫：「四不像，快出來幫忙，回家給你二十塊珍莓蛋糕！」

「布魯！」聽到「珍莓蛋糕」四個字，那團雜毛中赫然睜開兩隻銅鈴大眼，下一秒，雜毛舒展開來，變成一隻腹部帶着古怪十字傷疤的醜怪物。

「噗 ——」四不像亢奮地張開大嘴，對準布布路腳下那一

條條如車轍般高速滾動的巨蟲，轟然噴吐出一長串爆裂的雷光球！

「嗷嗚！」紫紅色的雷光在巨蟲們的身體上噼啪遊走，蟲身的皮甲冒出燒焦的難聞氣味。

巨蟲們的瘋狂翻滾漸漸慢了下來，在一聲聲淒厲的嗚咽聲中，它們徹底停下來，不動了。

「呼！」布布路抱着四不像，穩穩地從其中一條蟲身上跳下，大功告成般地擦擦腦門上的汗，還不忘對四不像比出大拇指，「好樣的，四不像！」

「布魯！」四不像恨不得把頭仰到後背裏去，傲慢地用兩隻爪子在布布路面前比出個「二十」的手勢，又耀武揚威地叫了一通，最後心滿意足地鑽回棺材裏補覺去了。

暹羅的手下驚魂未定地圍着那幾條巨蟲，七嘴八舌地猜測着這些到底是甚麼怪物。

預備生人氣大考查

Q05 你的同伴要前往故居,只是故居已被列為禁地,你會怎麼做?

A. 沒有興趣知道這件事(1分)
B. 勸說同伴不要去(3分)
C. 無論如何都會陪同前往(7分)
D. 去可以,但是需要好好策劃一下(5分)

■即時話題■

暹羅:這位少年,你的怪物看起來相當特殊啊。御風族的祖先們走南闖北,足跡遍佈藍星各地,也算見識廣博,留下的文獻資料裏的怪物記錄,更勝於外界出版的《怪物圖鑑》,可我卻不曾見過這隻怪物的記錄。

布布路:暹羅阿姨,你不是第一個說四不像特殊的人!我剛孵出它的時候,白鷺導師就說無法分辨它的系列,尼科爾院長說它不同凡響,連十影王安古林也說它是「神物」。但我覺得它就是一隻喜歡騎在我頭上、欺負我的壞心眼怪物!其實我根本不在乎它有多厲害,或者是不是「神物」,我只希望和它建立起生死與共的赤誠情誼,就好像焰角‧羅倫和炎龍一樣!

暹羅:你們的相處方式的確有別於其他的怪物和主人……

餃子(小小聲):阿不思前輩,你姨母這是在試探我們嗎?

阿不思(小小聲):在下的記憶中,姨母一向不喜歡外來者,在下擔心她對獅子曜委員長的尊敬是因為身在族長之位無可奈何,但對布布路……不排除是在試探。

餃子(小小聲):那我們要小心行事了,現在大姐頭和帝奇都不在,只能靠我的智慧來保護這個單細胞生物了。前輩你看那小子,對你姨母已經掏心掏肺了。

阿不思(小小聲):在下認為布布路的坦率也不失為一種牽制,姨母得到的信息無非是四不像很厲害,並且是公認的與眾不同,相信她不會輕舉妄動的。

完成這個測試後,你可以判定自己作為一個怪物大師預備生的人氣到底有多高。

測試答案就在第十八部的第 225 頁,不要錯過喲!

這是成為怪物大師的必經之路!!!

尊敬的讀者:現在你跟隨布布路一起踏上了成為怪物大師的道路!向所有的困難發起挑戰吧!

新世界冒險奇談

第十一站 STEP.11

攻破，史書中的要塞

MONSTER MASTER 18

謎之要塞

戰勝怪蟲後，布布路他們累得滿頭大汗，像從水井中爬出來似的，渾身都濕透了。

而暹羅的手下更狼狽，暈的暈，傷的傷，全都失去了戰鬥力。

「奇怪！奇怪！」餃子沉吟道，「這應該是一種名為龍蠍的生物，是龍蚯的一個亞種，但習性截然不同。龍蠍食肉，攻擊性強，任何比它弱小的生物都是它的食物，但是據我所知，龍蠍

個頭不過幾寸長而已，所以人們會把它作為一種益蟲放生在田間，作為農作物的守護神。而像這樣巨型的龍蠍，簡直聞所未聞，對所有生物而言都是一場災難。」

「哼，既然要塞都能憑空出現，何況這變種龍蠍呢？」暹羅當機立斷地說，「看來只能由我來查清真相了！」

「暹羅族長，這要塞若真是出自食尾蛇之手，裏面必定機關重重，你一個人進去，實非穩妥之計。」餃子並不信任暹羅，謹慎地說，「我認為應該先向管理協會通報，等待援軍。」

「餃子君，在下認為有援軍固然穩妥，可事關委員長他們的性命，吾輩的行動分秒不可耽擱！」阿不思顯然打定主意要馬上行動。

「嗯，餃子，別等了。管他是陷阱還是甚麼，我們一定能闖過去！」布布路臉上沒有絲毫畏懼。

「那就勞煩暹羅族長安排手下聯繫管理協會，我們會

隨你一起進入要塞。」少了賽琳娜和帝奇從旁商議，餃子也有些左右為難，見布布路和阿不思主意已定，只能暗下決心，竭盡所能地發揮自己的智慧和戰鬥力。

轟隆——堅固的大門在布布路的金盾棺材攻勢下，被砸出個大窟窿，一行人魚貫而入。

偌大的要塞裏寂靜無聲，沒有半個人影。前方分立着三條由無數尖利的木柵圍成的狹窄通道，一根根巨大的尖刺好像是無數利箭般冷冷地對準布布路他們。

「我們兵分三路吧。」暹羅建議道。

「不，敵暗我明，保險起見，我們最好一起行動。」餃子飛快地權衡着利弊。

「在下也同意餃子君的看法。」阿不思揚起黑袍，指着頭頂道，「諸位還記得有關琉方大陸羣雄時代那一冊歷史書上的『謎之要塞』一章嗎？」

啥？布布路臉上一如既往地呈現出大寫的不知道的表情。

「你說的是卡桑德蘭大帝和紅藩部落的那場著名戰役?」餃子倒是一下子就反應過來,「記得書中提到,剛剛得到光明神之甲的卡桑德蘭大帝召集十萬強兵勁弩,野心勃勃地到處征戰,所向披靡。但勢不可擋的大軍卻意想不到地受挫於一個小小的紅藩部落。紅藩部落是一個擅長佈局謀略的智慧部族,他們將自己定居的山頭佈置成一座要塞迷宮,迷宮裏佈滿陷阱和機關,卡桑德蘭的十萬大軍被困在那座『謎之要塞』裏足足十天十夜,彈盡糧絕,差點全軍覆沒。」

「餃子君,且看那長旗!」阿不思下巴微揚,鐵面具上的尖刺直指那些掛在木梢上的破敗長旗。

「嘖嘖,還是前輩細心,」餃子倒抽了一口涼氣,一臉不可思議的表情,「長旗上分明是紅藩部落的番薯圖騰,看來原本以為只存在於史書中的『謎之要塞』此刻活生生地出現在大家眼前了!」

請君入甕

「要塞環山而建,顯然是要阻斷上下聯繫,希望委員長他們在山頂小屋中平安無事。」餃子神情嚴峻地說。

「那卡桑德蘭大帝後來是怎麼脫險的?我們是不是可以依葫蘆畫瓢?」布布路急切地問。

「卡桑德蘭大帝是靠着光明神之甲的神力,徹底摧毀了要塞。可惜你的那把劍在沙魯被熔了⋯⋯」說後面那句時,餃子

刻意把聲音壓到近乎耳語的程度，畢竟外面盛傳骨槍團的老大擁有「光明神之劍」，而骨槍團的老大還在被通緝呢！（詳見《怪物大師・黑暗的破壞神之甲》和《怪物大師・來自地底的至尊魔器》）

「看來我們只能硬闖了！」布布路鬥志昂揚地卸下金盾棺材，似乎打算衝破柵欄，朝着山頂小屋的位置直衝過去。

「等等，讓我再試試。」餃子摘下狐狸面具，將所有注意力集中在額頭的第三隻眼睛上。跟在要塞外查看不同，餃子很快有了新的發現。「大家跟我來。」餃子的天眼果然起了作用，在被歷史書宣揚得如此神祕可怕的「謎之要塞」內，布布路一行人卻是走得無比順暢。

只是也有讓布布路不明白的地方，明明前面就是死胡同，餃子卻執意帶領大家前進，等到了近處，就會發現那截堵住他們去路的木柵原來是可以移動的。而明明看過去一通到底的路，餃子卻選擇繞行。布布路好奇地在那條路上走了幾步，就會遭遇各種機關。

阿不思不禁對餃子刮目相看：「餃子君，聽聞你是天目族的後裔，沒想到如此厲害！」

「好說，好說。」餃子的字典裏可沒有「謙虛」兩個字，被誇獎之後得意起來，「這要塞中看似無路之處卻有路，有路之處卻是死路，虛虛實實，真真假假，儼然一座移動迷宮。」

說話間，四人已經來到半山腰的位置，變故也就在這時發生了！

轟隆隆 —— 伴隨一陣巨大的轟鳴，周圍高高的木柵怪異地移動起來，原來筆直的通路全都扭曲成了螺旋狀。

「情況有點不太對勁！」餃子額頭上的第三隻眼睛不安地跳動起來，「我們被封死在這個圓圈裏了！以我們的所在地為圓心，周圍形成了無數圈木柵，我們現在進也不是，退也不是了！」

「原來『謎之要塞』的終極陷阱就是請君入甕！」阿不思若有所悟地總結道，「看來這要塞並不是用來防守的，而是用來攻擊的。」

強攻，暹羅的實力

「別氣餃！我們一圈圈突破！」布布路舉着金盾棺材朝木柵砸去，半圈木柵隨即倒下。然而，眨眼間另一排木柵又堵了過來，再次圍成了死路。

此時，一直沉默的暹羅上前一步，開口說話了：「還是讓我來吧！」暹羅閉上眼睛深吸了一口氣，如經絡般的青色紋路再度浮現在暹羅的身上。

緊接着，布布路感覺到周遭空氣中的異樣，好像有一股無形的力量在控制着，令空氣變得十分熾熱和躁動……

漸漸地，布布路感覺自己快要透不過氣來了，只見暹羅腳步輕移，手臂看似輕柔地向下一沉。

啪！大家腳下的地面頓時下陷了好幾寸！

被禁錮的空氣一下子如驚濤駭浪般從暹羅周身翻湧起來，而她身上的青色紋路泛起一股詭異的黑色光芒……暹羅的紫色裘袍向後飛揚，一股颶風直衝山巔！轟隆隆！飛沙走石，暴土揚

塵，木柵崩裂，整座要塞發出震耳欲聾的轟鳴！

「哇啊啊啊 ——」布布路三人像置身於疾風驟雨中的樹葉，暴走的氣流讓他們的視線猶如蒙上一層厚厚的玻璃罩，甚麼都看不清。三人只能聚在一起，拉緊彼此的手，相互給予支持。

不知過了多久，一切終於平靜下來。布布路三人瞠目結舌地看着一圈圈牢不可破的木柵被打出一道缺口，一條通路筆直地從他們腳下伸向要塞最高處，圓包山山頂的那座木屋清晰可見！

「哇啊，這一招真是太太太厲害了！」布布路佩服得五體投地。

餃子也驚得目瞪口呆，他一直懷疑暹羅是賊喊捉賊，但若是如此，現下她大可不必出手讓大家脫困。但即使她不是建起這要塞的人，也不能排除她在阿不思母親去世和族長婆婆去世這兩件事上的嫌疑。難道御風族還潛伏着其他敵人？是覬覦賞金的傢伙嗎？還是食尾蛇組織已經按捺不住，直接動手了？

「快去找委員長大人吧。」暹羅的氣息恢復平靜，邁步朝着木屋走去。

布布路和餃子連忙跟上，唯有阿不思仍僵立在原地，低聲喃喃道：「她的『無限呼吸』和家母的不一樣……」

御風者的青色罪印

MONSTER MASTER 18

新世界冒險奇談

第十二站 STEP.12

封印術

MONSTER MASTER 18

神隱之血

「委員長大人，大姐頭，帝奇！」布布路迫不及待地衝進木屋找人，但屋子裏空無一人，也沒有任何戰鬥過的痕跡，只有吃到一半的晚餐依然擺在客廳的餐桌上。布布路急得到處轉圈，恨不得把木屋翻個底朝天。

「完了，他們是不是被綁架了？但如果他們已經被綁走了，敵人為何還要大費周章地弄出個要塞來呢？而且就算委員長懶得動，帝奇和大姐頭肯定會拼死抵抗，不可能沒有一點打鬥痕

跡。」餃子疑惑地扭頭看向阿不思,「前輩,你有甚麼看法?」

卜林卜林,卜林卜林……

不等阿不思開口,餃子口袋裏的卡卜林毛球響了起來。餃子趕緊掏出來一捏,毛球另一端傳來了賽琳娜中氣十足的聲音:「布布路,阿不思,餃子,你們沒事吧?」

「我們沒事!」布布路幾乎是飛撲到餃子面前,急匆匆地嚷嚷道,「大姐頭,你們去哪裏了?我們都找不到你們了!」

「我們現在在『神隱之家』。」賽琳娜一說完,布布路他們就傻眼了。

餃子難以置信地尖叫起來:「大姐頭,你沒開玩笑吧?你說的『神隱之家』是委員長的『神隱之家』嗎?它可是距離慧壽丘十萬八千裏遠呢!你們怎麼可能在那裏?」

「非常時期非常手段,我們是被『神隱』帶過去的。」帝奇平靜的聲音與餃子形成強烈的對比。

「『神隱』?」布布路一頭霧水。

「『神隱』是一隻怪物,嗯,也就是老夫的宅院 ——『神隱之家』。你們幫它清洗了一晚上口腔,還沒認識它嗎?」獅子曜的聲音在卡卜林毛球裏響起,「怪物大師管理協會的歷任委員長平時都會隨身攜帶一塊晶石,晶石裏封存着一滴『神隱』的血。每當『神隱』感應到攜帶者有危險的時候就會發動力量,瞬間把攜帶者傳送回家。」

原來「神隱之家」是一隻怪物,布布路他們之前清理的庭院,正是這隻怪物的嘴巴!想到那慘不忍睹的庭院,布布路他

們忍不住想吐槽，這隻怪物的口味未免也太糟糕了吧！

「嘖嘖嘖，沒想到委員長居住的宅院居然大有名堂！難怪之前他上一秒還在管理協會開會，下一秒就回到家了，這簡直比傳送光柱還拉風。不過，經歷了昨晚的暗殺，那怪物豈不是已遍體鱗傷了嗎？」餃子話鋒一轉，突然多了點調侃的意味，「我有點同情這隻屬於委員長的怪物了。」

「別扯遠了，說正事！我們被傳送到『神隱之家』時，也不清楚圓包山發生了甚麼事，你們沒遇到甚麼危險吧？」賽琳娜關心地問起布布路他們這邊的情況。

布布路連忙把「謎之要塞」的事說了一遍，餃子暗地裏交代過只要有外人在場，就絕對不要透露阿蒂婭給阿不思的留言，因此布布路忍住沒說。

「委員長大人，御風族現下可謂內憂外患，說不定食尾蛇的觸手已經伸進來了，我們接下來該怎麼辦？」餃子話裏有話地詢問道。

提到食尾蛇，大伙兒剛剛放鬆的心情再次緊繃起來。雖然大家暫且安然無恙，但敵暗我明，他們不得不嚴陣以待。

「大家放心，老夫一定會傾盡全力保證御風族的安全。只是為了保密，管理協會無法大張旗鼓地行動，老夫已經以私人名義召集了幾位正在休假的怪物大師精英，他們將趕去慧壽丘增援。老夫也會帶着賽琳娜和帝奇盡快趕到，和你們共同對抗隱藏在暗處的敵人！」獅子曜鏗鏘有力的聲音從毛球的另一端傳來。

　　獅子曜的話語如同給所有人都打了一針強心劑。暹羅表態道：「獅子曜委員長，婆婆在世的時候十分信任您，您儘管放心，御風族定當全力配合管理協會的行動！」

　　通話結束後，暹羅稍做思索，對布布路三人說：「龍蠍和要塞或許只是個開始，我得安排族人緊急撤離避難。勞煩各位先去慧壽丘的入口等候援軍，並和黑歲爺爺說明一下情況。他是族裏年紀最大的長者，關於如何應對這場危機，聽聽他有何良策。」

　　說到最後，暹羅的目光落在阿不思的身上，加了一句：「萬事小心，注意安全。」

　　阿不思大感意外，究竟暹羅流露出的是關心還是虛情假意，一時間，阿不思也不明白了。但她隱隱感覺到，八年前母親的事和今日御風族的危機有着千絲萬縷的聯繫。

　　阿不思和餃子各懷心事地猜度着，卻始終缺少甚麼證據來證實自己的推斷。

　　誰也沒注意到，他們身後那座被打穿的要塞以及倒在地上的怪蟲全都悄無聲息地消失了，只剩下一攤黑水……

颶風和四法器

　　片刻後，大家來到御風族居住地的入口處，布布路從岩石縫裏叫醒睡大覺的黑歲爺爺。

　　布布路他們簡明扼要地說明來意後，黑歲慈祥的臉上蒙上

了一層陰影。

阿不思沉默了好一會兒，遲疑地問道：「黑歲爺爺，母親……在世時有沒有跟您提過……甚麼？」

「阿不思，你知道多少？」黑歲慌張地把阿不思拉到一邊，壓低聲音，像是生怕被人聽到。

「他們都是在下十分信任的朋友。」阿不思的黑袍拂上了布布路和餃子的肩膀，示意黑歲可對二人放心。

隨後，阿不思取出了母親的鐵面具。

黑歲看完上面的字後，又看了一眼阿不思，長歎了一口氣：「原來阿蒂婭早已掌握了『無限呼吸』，她果然是一個難得的曠世奇才……」

黑歲彷彿陷入了深深的回憶之中，過了好一會兒，才語氣沉重地說：「御風族今日之難早有預兆，阿蒂婭當年的死恐怕也與今天所發生的一切有着密不可分的關係。只是有很多線索都被刻意隱藏了起來，就讓我把知道的一切都告訴你們吧 ——」

當年，御風族人的足跡幾乎遍佈整個藍星。在漫長的旅途中，族人們探索過許多神秘之地，也找尋到了一些上古元素始祖怪遺留的殘物，只是那些殘物早已失去元素精華，只是作為歷史的見證存在而已。

後來因為呼吸衰弱，全族決定再次遷移回祖先領悟呼吸法的發源地 —— 慧壽丘休養生息。然而在歸鄉的路上，族人們始

終被一個問題困擾着：當年離開慧壽丘，就是因為那兒蘊藏着一股難以捉摸的力量。那是一股盤旋在慧壽丘上空的旋渦氣流，那股氣流非常溫順，能讓整個慧壽丘四季如春，傳說是上古風神的遺留物。可不知道何時開始，它突然狂躁了起來，化作永不停歇的颶風，席捲方圓數十公里甚至上百公里，摧毀了目之所及的一切！

我們每隔數年就會派出一小隊人回到慧壽丘附近去探查，探查的結果令人震驚，每次慧壽丘的地貌特徵都會與上次大相徑庭，那狂怒的颶風近千年來似乎從未停止它的怒號，只是沒有人能準確把握它發作的時間罷了。

據說，如果有族人能練成「無限呼吸」便能駕馭這股力量，然而，這樣的人始終沒有出現。族人當時只能孤注一擲，遷回慧壽丘，希望颶風已經平息，能讓他們有一點點喘息的時間。遺憾的是，他們最後的希望很快破滅了，那肆虐的颶風幾乎形成了一道無法逾越的屏障，慧壽丘雖然近在眼前，但所有人都無法再前進半步。大家知道，即使冒險突破風壁，裏面也只剩下一片颶風肆虐後的不毛之地。

絕望的情緒在族人間蔓延，族人們拖着疲憊的身體沿着慧壽丘外的風壁漫無目的地走着，希望由此走完人生的最後一段路。

萬念俱灰的御風族人沒有留意到，一個神秘部族彷彿憑空出現，在大家身後支起了營寨。他們在生起的篝火中，加入了某種未知的草藥，困頓虛弱的族人們在察覺到他們存在的瞬間，

紛紛陷入了沉睡。

當大家再次醒來，恍如隔世，那個神祕部族以及他們的集散地彷彿人間蒸發了。而族人們的行囊裏被塞滿了各種農作物的種子。最令人驚奇的是，大家收集的那些原本沒有任何實際用途的元素精華的殘物，竟然被煉製成了幾件儲存能量的法器，而慧壽丘那股肆虐暴躁的力量彷彿正好能被這幾件法器所吸納，颶風戛然而止。

雖然整個事件都充滿了疑團，可我們已經沒有任何餘力來繼續調查此事。加之我們也沒有任何實際損失，幾位長老商議之後，我們重新踏上了故土慧壽丘。

幸虧這次的奇遇，御風族才得以在慧壽丘養精蓄銳。

那幾件被神祕部族煉製而成的法器後來被命名為水之鐲、火之燭、土之心、風之靈。

這四件法器一直都是交由御風族資歷最深的幾位長輩保管，法器的保管與傳承都只有保管者自己知道，就算是族長也無權過問，這是本族埋藏最深的祕密。以前的法器保管者都已仙逝，除了水之鐲由現任族長保管之外，已經沒有族人知道其他三件法器的所在位置，我也有好幾十年沒有聽人提起過了。

直到八年前，阿蒂婭去世前，將其中一件法器交由我保管。

我看著阿蒂婭長大，非常了解她一直是一個超然物外、不慕名利的人，但那天她卻一反常態，氣息紊亂，神色慌張。她匆匆地將火之燭交給我，讓我代為保管，並交代此事務必對任何人保密。

　　我來不及多問，本打算事後再向她詳細詢問前因後果，誰知道那一別之後竟然陰陽兩隔……

吟唱，重要的線索

　　黑歲爺爺的一番話包含了大量的信息，阿不思和餃子雙雙陷入了沉思：如果「風神之力」被分成了四份，掌握着水之鐲的族長婆婆離奇去世，暹羅練就了「無限呼吸」，這接二連三的事件看來就更加可疑了……難道從八年前阿蒂婭去世開始，一切都是暹羅為了奪取「風神之力」而佈下的陰謀嗎？

　　布布路如同在聽一段非常精彩的故事一般，連大氣都不敢喘，雙眼放光，想知道接下來劇情的發展。

　　回味故事，布布路突然提出了一個疑問：「您說當年族人
再次回到慧壽丘時，獲得了神祕部族的幫助，煉製成了四件法
器，平息了狂怒的『風神之力』，那為甚麼阿不思的母親在遺
言中提及她要再次封印呢？」

　　「這也是一直以來困擾我的最大疑團。」黑歲爺爺那蒼老
得如同樹皮的臉皺了皺，沉聲道，「阿蒂婭死之前究竟發生了
甚麼，為何要重新封印『風神之力』？八年來，我和族長婆婆
一直在追查此事，但除了我們各自保管的兩件法器以外，其他
兩件法器至今也沒有出現。所有的可能性都只是猜測，無從考
證。如今族長婆婆也遭遇不測了，水之鐲也下落不明。」

　　「看來有人是在打法器的主意，黑歲爺爺您可得小心了。」
餃子若有所指地說。

「黑歲爺爺您不是保管着火之燭嗎？那豈不是極有可能成為壞人的下一個目標？我們得保護黑歲爺爺！」布布路雙手握拳，做好了隨時戰鬥的準備。

「別擔心，火之燭被我藏在一個無比安全的地方，若有人對我不利，那他們恐怕一輩子都找不到火之燭！」黑歲胸有成竹地說。

「黑歲爺爺，您把火之燭藏在哪兒啦？」布布路的好奇心被激發了，小聲地問道。

「俗話說，最危險的地方就是最安全的地方。」黑歲神祕兮兮地指了指慧壽丘入口處的一根石柱，「誰能想到，石柱上那盞普普通通的照明燈，就是封印着巨大能量的火之燭呢？」

黑歲話音剛落，在場的人，包括黑歲自己都面色大變——石柱上空空如也，火之燭不翼而飛了！

「怎麼會這樣？天哪，火之燭怎麼會在我眼皮底下不見了呢？」黑歲佝僂着背，低垂的頭上彷彿被壓了千斤重的石塊，整個人無比沮喪。

「黑歲爺爺，您別難過了，雖然您和族長婆婆的法器可能落入了壞人手中，但我們只要保護好另外兩件法器，等獅子曜委員長的援軍到了之後，我們一定能解決所有難題，將壞人繩之以法！」布布路樂觀地鼓勵黑歲。

「可問題是，阿蒂婭並沒有告訴我另外兩件法器土之心和風之靈的下落，就算我想幫助你們一起保護它們，也無從着手啊！」黑歲心急如焚地說。

「土之心、風之靈……水之鐲、火之燭、土之心、風之靈……」阿不思像是突然魔怔了，不停地喃喃自語。

「阿不思前輩，你還好嗎？」餃子擔心地問。

「在下明白了，家母其實早就把四大法器的下落用童謠的方式告訴在下了！」

預備生人氣大考查

你和同伴在前行的路上，突然看到一座只存在於歷史書中的要塞。接下來你會怎麼做？

A. 認為要塞不會憑空出現，需要仔細研究（5分）

B. 不想浪費時間，決定繞道而行（3分）

C. 與同伴商量後再做決定（7分）

D. 意識到危險，要求返回（1分）

■即時話題■

暹羅：我記得你叫餃子沒錯吧？沒想到你居然是天目族的後裔。只是據我所知，天目族早已滅族，而所謂的天眼不過是人們以訛傳訛，並不具有預知能力。

餃子：看來暹羅族長對天目族也有一定的了解，只是了解得不夠全面啊！

暹羅：那就請你指教一下，我到底了解得有多不全面。

餃子：……（內心語：不愧是阿不思前輩的姨母，講話的調調也是很古怪啊，我要如何應付她呢？）

布布路：餃子的「天眼」和天目族天生的第三隻眼睛是有區別的，餃子的「天眼」裏曾經寄宿着邪神伊里布……

餃子：布布路，現在形勢很緊張，我們就不要浪費時間聊天了，趕快去找大姐頭他們比較重要。

布布路：對呀！大姐頭、帝奇、委員長大人，你們在哪裏啊？

暹羅：看來餃子你也是懷揣祕密之人，好吧，那我就不多問了。只希望你平日能對阿不思多多照顧。

餃子：啊哈？暹羅族長您這個玩笑開大了，是我要請阿不思前輩多多照顧才是！（內心語：她試探完布布路，又來試探我嗎？而我的邪神伊里布把她嚇住了，所以她對我講話就客氣起來？嘿嘿，這感覺真不錯！）

完成這個測試後，你可以判定自己作為一個怪物大師預備生的人氣到底有多高。

測試答案就在第十八部的第225頁，不要錯過喲！

這是成為怪物大師的必經之路！！！

尊敬的讀者：現在你跟隨布布路一起踏上了成為怪物大師的道路！向所有的困難發起挑戰吧！

MONSTER MASTER
HAVE DREAMS

御風者的青色罪印
MONSTER MASTER 18

新世界冒險奇談
第十三站 STEP.13
尋找「土之心」
MONSTER MASTER 18

布 布路開竅了

　　阿不思袖子一甩，輕輕打起節拍，幽幽吟唱起來——

　　「水之鐲，婆婆戴；土之心，地下埋；火之燭，年年提；風之靈，皆不在。」

　　阿不思的聲音低沉嘶啞，一首朗朗上口的童謠被她唱得如催魂曲般陰森森的，讓布路他們起了一身雞皮疙瘩。「前輩，你以後還是直接用說的就好。」餃子委婉地建議道。

　　阿不思彷彿沒聽見似的，若有所思地說：「『婆婆戴』是指

族長婆婆，『年年提』中的『年』，對應黑歲爺爺的『歲』，『土之心，地下埋』從字面意思來看，家母應該是把土之心埋在了地下，而『風之靈，皆不在』這句，在下一時間還參不透。」

「唉，這線索太籠統了，慧壽丘這麼大，要掘地三尺找一個小小的法器，無異於大海撈針啊！」黑歲一臉愁雲地搖着頭。

「我想知道，吸收了部分『風神之力』的四大元素法器總應該有點不同尋常之處吧？這不同之處也許正是我們尋找它們的重要線索……」

沒等餃子說完，黑歲就匆忙插話道：「元素法器中蘊含了強大的能量，比如火之燭的火焰就是永不熄滅的。」

「噢噢噢，我知道土之心埋在哪裏了！」布布路猛一拍腦瓜子，興奮地叫道。

餃子和阿不思都愣住了，齊齊用懷疑的目光看向布布路，倒是黑歲捧場般地追問：「你說，埋在哪裏了？」

「慧壽丘最不同尋常的地方就在那裏 ──」布布路一本正經地指向不遠處，由富氧草匯聚而成的「山峯」正在晨霧中迎風搖曳。

　　「嘿，你小子還真是開竅了！」餃子頓時眼前一亮，回憶起黑歲說過，慧壽丘的富氧草原本和普通的青草一樣大小，是八年前開始發生變異，越長越高的，如今估計已有三千米的高度了。

　　富氧草開始變異的時間正對應阿蒂婭將「風神之力」封印起來的時間，也就是說，誘發富氧草變異的，極有可能就是被埋在土壤中的土之心！

「這富氧草田不僅高聳入雲，面積也很大，我們要找出土之心來也實非易事。」黑歲又是一聲哀歎。

「沒關係，我們有餃子在！」布布路兩眼發光地看向餃子。

餃子認命地摘下狐狸面具，這已經是他在一天內第三次動用天眼的力量了，視線止不住暈眩起來，腦袋裏像有一千隻小蟲在不斷啃噬般劇痛，不過他咬牙堅持着，將注意力全都集中到額頭上的第三隻眼……

透過天眼，餃子清楚地看到富氧草田裏的每一處細節：在地下爬行的蠕蟲，植物根部的結塊，泥土中每一種營養元素的含量……但怎麼也找不到疑似土之心的物體。

就在餃子的腦袋疼得幾乎快要炸開的時候，他眼睛的餘光無意中掃向高空，心中陡然一亮：富氧草的頂部一片渾濁，甚麼也看不清，似乎有某種奇怪的力量在阻撓天眼的感應！

難道是阿蒂婭在安放土之心時設下的某種氣流保護罩？

餃子連忙將自己的發現分享給了布布路他們，阿不思當機立斷地說：「黑歲爺爺，麻煩您留在這裏，接應獅子曜委員長和援軍。土之心就由在下和布布路君、餃子君一起去找回來！」

驚險的高空攀爬

大家快步來到富氧草田，餃子仰頭一看，忍不住雙腳發軟，哀號起來：「救命呀，你們不會真的忍心讓我這個嚴重恐高症患者爬三千米的高度吧？那可是會要了我的小命！嗚——

我現在就覺得自己的心跳過速，快要驟停了！」

可布布路完全沒有理會餃子的牢騷，早就一馬當先，如猴子般敏捷地順着富氧草猶如千年古樹般的粗壯莖稈，向上爬去了。

阿不思沉默地瞥了一眼餃子後，也扭動着身體，如同一塊輕盈的黑綢般飄上富氧草。

「嗚嗚嗚，都沒人關心我了嗎？我覺得自己受到了一千點暴擊傷害！」無人關注的餃子憂傷地結束了自己的獨角戲，硬着頭皮跟了上去。

富氧草的表面十分粗糙，但分杈的枝椏上垂着堅韌的藤蔓，還算易於攀爬。剛開始大家爬得還算輕鬆，但由於富氧草幾乎垂直，越往向上爬就越吃力。漸漸地，大家變得氣喘吁吁，汗流浹背。可當他們到達一千米以上的高度後，竟然發生了讓人意想不到的變化。

三人竟然感覺自己的身體越來越輕鬆，彷彿體內的某種力量被喚醒了一般，攀爬的速度越來越快。

布布路發現自己的四肢充滿了力量，身後原本沉重的棺材彷彿變得輕如鴻毛，攀爬起來似乎比在平地上奔跑更快。而餃子索性將雙手背在身後，將藤蔓當作雲梯，如蜻蜓點水一般愜意地滑步向上。只有阿不思冷靜地注意到了大家的微妙變化，她一邊緊跟着兩個興奮的隊友，一邊努力控制自己的情緒和呼吸。

「哇噢噢噢！」布布路邊跑邊大叫起來，「真是太痛快了！我

從來沒覺得爬樹會是一件這麼有意思的事情!」

「哈哈,同意!」餃子竟然克服了他的恐高症,狀態大好地說,「我也覺得,精神格外抖擻,越爬越有勁頭!」

阿不思冷靜地看着兩位亢奮的同伴,她也能感覺到自己身體裏有一股自內向外躁動的澎湃力量,只是她極力在克制着。

肯定有甚麼地方不對勁!阿不思當機立斷將斗篷張到最大,乘着上升氣流迅速上行,打算攔下布布路和餃子。

草 巨人和土之心

毫無徵兆地,布布路他們攀爬的巨型藤蔓猛地向上一抖,差點把他們都甩下去。

所幸三人的反應都不慢,全部都抓住了葉片的邊緣,不過這種震顫並沒有任何停止的跡象,反而越來越劇烈。不光是藤蔓,連周圍原本有序上升的空氣也變得急促起來,幾股上升的氣流翻湧而上,整片富氧草田彷彿都在被一股巨大的力量向上拉扯。

不一會兒,大家的身體被一股上升的氣流衝得頭朝下懸了起來。

咔!阿不思抓住的葉片折斷了。布布路和餃子正想出手相助,卻看到阿不思四肢舒展張開,整個人如同一片在狂風中搖曳的落葉,看似隨風飄零,實際卻用寬大黑袍下的身體駕馭着無序的氣流,就像一隻在半空盤旋的巨大怪鳥。

大家還來不及感歎阿不思的御風神技，眼前就出現了匪夷所思的一幕。

只見山頭的那片富氧草好像都活了過來，周圍的富氧草都一根根向中間飛了過去，它們瘋狂扭動，相互纏繞，捲起了大團的塵埃迷霧。遠遠看去，塵埃中竟然慢慢聚結成巨大的四肢、軀幹和頭顱……

布布路三人的視線頓時變得模糊起來，突然，一團黑影從塵埃迷霧中升騰而起，向大伙兒襲來！

天哪，那是一隻巨大的藤蔓手掌！雖然速度並不快，但那大到誇張的尺寸卻給人一種無與倫比的壓迫感，他們在巨掌面前就如同三隻渺小的螞蟻，毫無招架之力，只能本能地後退着，從千米高空一躍而下！

「藤條妖妖，安全藤網！」

「騎士甲蟲，分身無數！」

餃子和阿不思幾乎同時召喚出了自己的怪物，無數騎士甲蟲的分身密密麻麻地匯聚到一起，在半空中托住了三人，充當起緩衝的軟墊，讓三人順利地落進藤條妖妖製造出的藤網內。

「呼，咱們也算大難不死了！」餃子暈頭轉向地從藤網內爬出，不忘讚賞般地摸了摸藤條妖妖的腦袋，「妖妖，幹得好！」

「唧——」藤條妖妖害羞地垂下兩根藤條，遮住臉。

嘎吱嘎吱——一陣詭異的摩擦聲中，那團巨大的黑影漸漸現出了真身，正是剛剛那些富氧草纏繞結成的「巨人」。

「這……這簡直快趕上泰坦了！」布布路瞠目結舌地看着遮

天蔽日而來的「草巨人」，它的腦門中央，正閃爍着一團璀璨奪目的綠色流光！

「哇！那是不是土之心？」餃子提醒道。

嘎吱嘎吱 —— 草巨人匍匐着身體，挪動着巨大的四肢，向他們靠近。它周身無數藤蔓在氣流中張牙舞爪地揮舞着，顯得氣勢更為驚人……那中空的巨大頭顱朝下越探越低，彷彿正凝視着他們，似乎只要他們靠近一步，那草結成的巨掌就會化為巨大的鐵錘，毫不留情地砸下來。

「這恐怕是家母為土之心設定的一種防禦機制，以防止有人竊走它！」阿不思擺出準備戰鬥的架勢，沉聲道，「可眼下我們必須搶在其他人之前下手。」

　　「我們上吧！它雖然巨大，但速度上似乎並沒有甚麼優勢，我們還是有希望奪取土之心的！」布布路吃過富氧草之後，很快恢復了體力，擺出一副躍躍欲試的表情。

　　餃子趕緊拽住他的胳膊，似乎預見到下一秒他就會舉着金盾棺材毫無戰術地衝上去跟草巨人搏鬥。餃子的腦子飛快地轉動起來，心中有了主意，低聲對布布路和阿不思耳語起來。

　　布布路立刻露出恍然大悟的神情，阿不思也鄭重地點點頭。

御風者的青色罪印
MONSTER MASTER 18

新世界冒險奇談
第十四站 STEP.14

大戰草巨人
MONSTER MASTER 18

餃子的計劃

「騎士甲蟲，長驅直入！」

「藤條妖妖，藤鞭出擊！」

餃子一聲令下，三人齊齊衝向草巨人！

騎士甲蟲的分身大軍猶如一團烏雲，一股腦飛向草巨人。它們在半空中迅速變換陣形，像頭盔般密不透風地包裹住草巨人的頭部，成千上萬的翅膀齊齊拍打，發出令人頭皮發麻的嗡鳴。

　　草巨人煩躁地揚起一隻巨手，像趕蒼蠅一樣驅趕縈繞着它飛舞的騎士甲蟲。它的每一次揮手都掀起可怕的氣流，那些小小的騎士甲蟲分身被吹得到處都是，陣形迅速潰散。

　　但每一次，騎士甲蟲又馬上重整旗鼓，在阿不思的精神控制下，蜂擁而上。

　　同一時間，藤條妖妖用四根藤條纏上草巨人的一隻腳，勇敢地朝上爬去，當它來到草巨人的胸口處時，立刻用一根藤條穩住自身，另外三根藤條全力延長，穿過由騎士甲蟲形成的「面罩」，朝着草巨人的腦門處筆直伸了過去。

　　草巨人的另一隻巨手精準地握住藤條妖妖偷襲的三根藤條，隨便一甩，嗖的一聲，藤條妖妖的身體像一顆流星被拋飛出去。

　　「妖妖，你別怕！」餃子施展輕功，飛身躍向藤條妖妖的落點，將它穩穩地接在懷裏。

　　站定後，餃子仰望着草巨人的眼中閃現出一抹得逞的笑意──

　　就要成功了！

　　當草巨人忙於應付騎士甲蟲和藤條妖妖的時候，布布路已經靈活地繞到草巨人的背後，順着盤根錯節的富氧草，悄無聲息地爬上了草巨人的後腦勺，再爬幾米，布布路就能繞到草巨人腦門處，摘取土之心了！

　　不料，危機也在這一刻不期而至，草巨人似乎意識到自己中了圈套，它猛然揚起雙手，用力朝自己的後腦勺拍去。

眼看就要得手，可不能功虧一簣。布布路大吼了一聲：「四不像，十字落雷！」

四不像如一道閃電般及時從布布路背後躥了出來，它圓瞪一對銅鈴眼，嘴巴瞬間張開，噴吐出兩記強勁的十字落雷——

轟！轟！

雷電準確地擊中草巨人的雙手，紫光迸射中，草巨人的雙手被引燃了，在高空氣流的鼓吹下，火勢順着手臂迅速蔓延，草巨人的半截身子都冒起了黑煙，焦黑的富氧草薜里啪啦從它身上剝落，千米高的龐大身軀搖搖欲墜，隨時會轟然坍塌。

「布布路，草巨人要倒了！」餃子看得心驚肉跳，焦急地大叫。

阿不思全身緊繃，目光牢牢地鎖定在布布路身上。

「沒事，我馬上就能拿到土之心了！」布布路的身體隨着草巨人的踉蹌而飄搖不定，但他咬緊牙關，執意向近在眼前的土之心爬去，三米、兩米、一米……

終於，布布路的手伸向草巨人的腦門中央，將散發着綠色幽光的土之心從纏繞的草藤中拔了出來！

摔裂的土之心

失去土之心的草巨人像被抽掉了靈魂一般，瞬間喪失了生命力，化為了一團巨大且無用的枯草堆。

布布路欣喜地歡呼道：「我拿到土之心了！」

但餃子和阿不思還沒來及得高興,布布路毫無預兆地一頭栽倒在草巨人身上。

「布⋯⋯魯⋯⋯布魯魯魯魯⋯⋯」四不像也眼冒金星,四仰八叉地倒在布布路身邊,嘴裏不停地往外噴吐着危險的雷星。

「布布路,四不像,你們怎麼了?」眼看草巨人渾身冒着黑煙,枯草般的軀體不斷坍塌,餃子心急如焚地大喊。

布布路和四不像卻彷彿聽不到一般,一動不動。

餃子一個箭步想爬上去救援,不料腳像使不出力氣般踏空,頭暈目眩地朝着地面墜落,一種從未有過的乏力感席捲而來。

「唧!」藤條妖妖伸出四根藤條,冒險穿過燃燒着的富氧草,直伸向餃子。

只是它剛剛接住主人,四根藤條便劇烈地顫抖起來,好像麵條一樣一下子癱軟下去,並且快快地縮成了一團,體力值也迅速降為零,強制性地回歸到怪物卡中,進入休眠狀態。

嗖 ── 一道黑影閃過,阿不思如遊魂般悄然出現在布布路的身邊。

不好,是氧中毒!聯繫他們之前異常的興奮狀態,阿不思瞬間做出了推論。

她迅速扶起布布路,拉起四不像,想從坍塌的草巨人上滑下去,再帶上餃子退到安全地帶。沒想到,意識模糊的布布路握着土之心的手不自覺地鬆開了。

土之心從布布路的掌心掉了出來，在燒着的葉片上彈了兩下，彈到了草巨人的身體之外。

與此同時，阿不思和布布路所站的位置也失去了支撐，兩人隨着坍塌的草巨人開始往下掉……

阿不思伸長了手臂，她很清楚土之心的重要性，只要稍稍移動一下腳步，她就可以接住土之心了，但她沒有那麼做，而是執着地抓緊了布布路和四不像。

阿不思輕不可聞地歎了口氣，土之心已經急速落向地面，消失在無數的葉片和枝椏中。她覺得可惜，卻並不後悔，眼下更重要的是帶着布布路和餃子他們脫離危險。

呼吸困難，氧之陷阱

阿不思腳步輕移，如蜻蜓點水般踩着坍塌的富氧草急速下行，這看似優美如舞蹈的動作卻在急劇消耗阿不思的體能和精力。

砰！伴隨沉悶的落地聲，阿不思帶着布布路狼狽地摔落在地，她幾乎是連滾帶爬地扛起餃子，跌跌撞撞地逃離草巨人燃着火星的身體。

　　「我們……這是怎麼了？」餃子在地上滾了幾下後，醒了過來。

　　「在下認為兩位和怪物們應該是氧中毒了。」阿不思加快語速解釋道，「因為富氧草田產生了大量的氧氣，這些氧氣隨着這裏的上升氣流而聚集，兩位吸入高濃度的氧氣後，身體呈現短暫的亢奮狀態。短時間內驟然增加氧的吸入，雖然從一定程度上能更好地激發人的內在潛能，但也並非越多越好，如果血液中的氧濃度持續處於非常高的水平，並且伴隨長時間高強度的消耗，那麼很有可能會引發昏迷、痙攣等嚴重後果。兩位跟草巨人進行緊

張的戰鬥，加之地勢奇特導致氧濃度忽高忽低，所以便呈現出氧中毒的症狀。」

「謝謝前輩救我們！」餃子頓時明白了，由於阿不思對氣息控制得非常精準，能依據情況的變化隨時調整呼吸，讓身體一直處於最佳的半鬆弛狀態，所以氧環境的巨大變化對於她影響並不大。他立即提醒道：「布布路，注意呼吸的節奏，調理氣息。」

過了一會兒，布布路恢復了體力，急切地四處張望：「對了，土之心！我把土之心弄丟了！」

「布魯！布魯布魯！」不遠處傳來四不像的怪叫聲，布布路他們循着聲音看去，只見四不像比手畫腳地指着距離它十米開外的地方——土之心正靜靜躺在葉片之間，不穩定地閃爍着時強時弱的綠光。

太好了！找到了！阿不思一下子飄了過去。但她剛靠近就感覺到一股壓倒性的強大力量迎面襲來，阿不思本能地向後跳躍，順勢落到了四不像身邊。她這才發現四不像的神情中透着厭惡，它之所以大聲叫喚，顯然是不希望大家靠近土之心。

仔細看，土之心中心位置摔開了一道豁口，順着那道豁口，一股泛着綠色熒光的氣流正源源不絕地從土之心內傾瀉而出。

阿不思暗叫不好，封印在土之心中的那部分「風神之力」似乎正在泄漏！

然而她還沒來得及提醒同伴們，身體就突然僵住了。阿不思只覺得周圍的一切聲音和色彩都消失了，整個世界變成一片無邊無際的虛空，但她的意識卻比以往任何時候都更為清醒。她清楚地意識到一股可怕的能量正在她身體中橫衝直撞，彷彿是在應和着從土之心中逸散出來的「風神之力」。

令她感到疑惑的是，那股能量顯然不是來自外部，更像是潛藏、沉睡在她身體之中。

阿不思渾身青筋暴起，五臟六腑撕裂般劇痛，汗水、淚水、牙齒咬破嘴脣的血水和在一起，從鐵面具下滾滾滑落。

混亂中，一段詭異的哼唱突然浮現在阿不思的腦海中：

嘻嘻……又有犧牲品了……Mr.D 最喜歡意外驚喜了……兩個預備生不平常啊不平常，祕密就在身體內……嘻嘻，Mr.D 好開心，好快樂……

那是在迷霧島的時候，杜魯門唱給阿不思和餃子的「挽歌」。

「為甚麼我的身體裏會有一股能量？」阿不思的雙眼緊閉，喃喃地自問，「那是甚麼……沉睡在我身體裏面的那股能量……究竟是甚麼……」

在那股巨大能量的撕扯下，阿不思失去了對身體的控制，意識之弦徹底繃斷了。

失控的身體

土之心的碎裂導致被封印的「風神之力」開始泄漏，富氧草田中一時狂風大作，斷裂的草葉如同利刃一般在風中亂舞。

「布魯布魯！布魯布魯！」四不像看着彷彿進入了禪定狀態的阿不思，暴躁地叫喚起來。

「阿不思，你怎麼了？」布布路和餃子見阿不思迎風而立，一動不動，也疑惑地上前來查看情況。

布布路上前一步，想握住阿不思手臂的時候，發現她的袖管裏竟空空蕩蕩的，甚麼都沒有。

阿不思就如同幽靈一般，倏然飄出了數米。

布布路詫異地捧着阿不思的一截袖子，沒想到阿不思突然一個急停，驟然回頭，並朝着他們擊出了兩掌。

氣流湧動，這兩掌的力道絲毫沒有保留，竟然是全力擊出！

面對迎面重擊，布布路和餃子毫無防備，躲避已經來不及了，兩人生生被打得飛出好幾十米遠，一屁股坐在地上。

另一邊，土之心逸散出的絲絲氣流轉為股股勁風，揚起一大片塵土，一時間甚麼都看不見了⋯⋯

這究竟是怎麼回事？阿不思怎麼了？

事情的發展完全出乎預料，布布路和餃子灰頭土臉地站起身，都不敢貿然行事。

直到揚起的塵土散去，兩人看到了驚人的一幕 ——

土之心內逸散出的「風神之力」的能量正一股一股洶湧地往阿不思體內鑽去。

那力量兇猛而霸道，阿不思表情痛苦地張開雙臂，身體像風中的枯葉一般無力地晃動着。

進入阿不思體內的「風神之力」和她體內剛剛蘇醒的那股力量轟然對撞，剎那間，阿不思清醒了，她感到兩股力量正在貪婪地互相吞噬……她的體內如同有千萬隻毒蟲在肆無忌憚地啃咬，又像有千萬支鋒利異常的箭頭齊齊刺入心臟，那種痛苦折磨得她想要即刻死去！

「啊！」阿不思發出一聲慘叫，再度失去了對身體的控制，任憑自己的身體被兩股強大的力量不斷地撕扯。

在她的周身，那暴戾無序的勁風漸漸形成了一個氣流旋渦，將阿不思全身包裹起來，巨大的離心力使得旋渦中心向外發出一道道半月形的強大氣刃。

旋渦不斷擴展着，轉眼間，巨大的球形狂流已經波及方圓數十里。

那些狂流以阿不思為中心瘋狂地旋轉，製造出洶湧的能量，好像無數彎刀，將四周的葉片和碎石都削成了粉末，讓任何外力都無從穿透這一層層氣流而接觸到阿不思。

整個富氧草田都在劇烈震動，布布路和餃子都驚呆了，只能勉強穩住自己的身體。

這是成為怪物大師的必經之路!!!

尊敬的讀者:現在你跟隨布布路一起踏上了成為怪物大師的道路!向所有的困難發起挑戰吧!

預備生人氣大考查

Q07 同伴的性命和重要的任務目標只能取一樣,你會如何選擇?

A. 選同伴(7分)

B. 選任務目標(3分)

C. 無法抉擇,只想逃避(1分)

D. 認為應該把主動權交給同伴(5分)

■即時話題■

布布路:我有個問題,四大元素不是「火、水、土、氣」嗎?為甚麼那件元素法器要叫「風之靈」,而不是叫「氣之靈」?

餃子:既然大姐頭不在,就讓我來給你科普一下吧,有些學者認為氣元素和風元素乃是相同的,只是叫法不同。而被尊稱為「赤色賢者」的阿爾伯特認為,氣元素無處不在,包括人們賴以生存的空氣也是氣元素,而風元素僅是氣濃縮而成的。

布布路:哦,我聽懂了,可是餃子,你還是沒解釋為甚麼那件元素法器要叫「風之靈」,而不是叫「氣之靈」啊!

餃子:這個嘛——你看,他們要封印的力量叫「風神之力」,而不是「氣神之力」,所以為了保持稱謂的一致,就給那件元素法器取名叫「風之靈」。

布布路:哦哦哦,餃子你真聰明。

阿不思:在下也受教了,沒想到餃子君居然如此擅長科普,讓在下一時之間竟相信了。

餃子:前輩,你的意思就是一時過後,就不相信我了嗎?

阿不思:……(進入禪定狀態)

完成這個測試後,你可以判定自己作為一個怪物大師預備生的人氣到底有多高。

測試答案就在第十八部的第225頁,不要錯過喲!

新世界冒險奇談

第十五站 STEP.15

奴隸印章
MONSTER MASTER 18

《隨天錄》上的罪惡符號

高聳的富氧草田在這場遮天蔽日的風暴中顯得脆弱不堪，草葉、藤蔓被撕扯得粉碎，很快被活生生地「挖」出了一個巨大的空洞，遠遠看去就像一隻正在朝天哀號的巨獸。

「阿不思！」布布路扯着嗓子對着阿不思大叫，阿不思卻置若罔聞。

「我們去救她出來吧！」布布路着急地說。

「可是⋯⋯怎麼救？」餃子審慎地評估道，「這股氣流裏蘊

含的能量太驚人了，雖然不知道她怎麼做到的，但很顯然她正在駕馭『風神之力』，我們根本就無法接近。」

　　阿不思的袖子剛剛被布布路扯掉了一半，餃子留意到，阿不思露出的小臂上佈滿了青筋般的紋路，和暹羅身上的極其相似，更令人生疑的是，那青紋中又隱約可見一片巴掌大的紅疹子。

　　那片疹子的形狀十分規則，不僅輪廓渾圓，內部也佈滿精細的紋路，遠遠看去，分明是某種經過精心設計的圖案……

　　看着這古怪的圖案，餃子心中隱隱升起一股不祥的預感……

　　「布布路，餃子！發生甚麼事了？」這時，暹羅帶着一羣人遠遠趕了過來。原來他們安頓好大部分村民後，注意到富氧草田這邊的異動，便匆匆趕來。里安一伙也混在人羣中，他們時而擔憂地看看遠處的富氧草，時而又警惕地看看暹羅。

　　「等等！大家先不要過去！」餃子急忙制止暹羅他們靠近阿不思。

暹羅看着那已經潰不成形的山體，以及懸浮在風暴中心的阿不思，立即意識到了異常之處：「這是『無限呼吸』的力量，阿不思怎麼會用？」

「說來話長，出了一些意外，原本應該被封印的『風神之力』洩漏了，阿不思彷彿變了一個人似的在吸收這股可怕的力量，導致整個富氧草田坍塌⋯⋯」餃子戒備地說。

他邊說邊觀察着暹羅，她是來幹甚麼的呢？難道準備堂而皇之地搶奪土之心嗎？餃子暗暗猜測着，頓時覺得勢單力孤，只能期待獅子曜委員長和大姐頭他們趕緊回來。

然而眼前的情勢卻向着更壞的方向發展⋯⋯

阿不思周身的氣流又膨脹了一倍，以阿不思為圓心，呈螺

旋狀旋轉⋯⋯最後竟變成一股龍捲風般的螺旋氣流，連眾人腳下的土地都因此震盪起來。

整片連綿的富氧草田已然成了一片廢墟。

啪嗒！啪嗒！

那些原本因為微重力而下落緩慢的雨點此時驟然恢復了正常的速度，不，還要更快！在狂流的作用下，原本溫和的雨點像冰錐一般刺向地面，一滴雨水就能在地上刺出一個深坑。

一時間，慘叫聲此起彼伏，暹羅身後那些御風族人四處逃竄，亂成一團！

見情況不妙，里安趕緊組織族人撤離，但暹羅卻一動不動，入神地盯着遠處的阿不思，過了好一會兒才從嘴裏冒出兩個字：「不好！」

餃子原以為暹羅在思考甚麼好辦法，聽到這兩個字，有些哭笑不得地說：「這山都沒了，誰都能看出來不好啊⋯⋯」

「不是這個意思，」暹羅猶如烏雲蓋頂般，渾身散發出異常凝重的氣場，「你們看阿不思的左臂⋯⋯」

看來暹羅也注意到了阿不思小臂上那片巴掌大的紅疹子。

「噢，那是阿不思對富氧草過敏起的疹子⋯⋯」布布路並沒有覺得有甚麼不對勁，茫然地說，「只是疹子的形狀顯得有些奇怪。」

「不，那圖案我認識！」暹羅倒吸了一口涼氣，一把扯過布布路，警覺地說道，「我們族裏從沒有人對富氧草過敏，那是一個極其邪惡的東西！」

布布路和餃子愣住了，黑歲爺爺明明告訴他們，御風族有些人會對富氧草過敏……

關於富氧草過敏的情況，暹羅和黑歲的說法截然相反！

「那是『奴隸印章』！」暹羅咬牙切齒地從牙縫中擠出幾個字。

「我們族人的腳步遍佈整個藍星，目睹過不少奇聞異事，其中有一個邪惡的畸形部族，他們雖然一出生就患有先天性的生長障礙，卻掌握着一種讓人不寒而慄的神祕煉金術 —— 奴隸印章。那是一種一對一進行的可怕煉金術，施術者通過輕微的身體接觸，將印章烙在受害者的皮膚上，被烙上印章的人淪為施術者的奴隸。這個部族驅使從四處獲得的奴隸沒日沒夜地工作，直至這些奴隸力竭而亡。由於他們的行為實在有違人道，奴隸印章被該國列為禁忌，毀掉了所有記錄，禁止人們再度使用……此事記載在先祖旅途中的大事記裏，留下了詳細的圖文記載。沒想到應該被毀掉的黑暗煉金術，如今竟會重現於世！」

最合理的推論

阿不思手臂上的竟然是禁忌煉金術 —— 奴隸印章！這讓餃子震驚不已，先是去世的親人，然後是史書中的要塞，現在是被銷毀的煉金術……這些原本不該存在於世的東西，為何會一件一件地出現呢？餃子的腦子飛快地轉動，斷定這一切絕

不可能是巧合。

「你們仔細想一下，來到慧壽丘之後，有沒有人碰過阿不思的左手腕？」暹羅嚴肅地追問道。

「有啊！」布布路老老實實地回答道，「我們剛來的時候，黑歲爺爺不就從石頭縫裏一把抓住阿不思的左手腕嗎？當時還嚇了我一大跳呢！」

「嗯，被黑歲爺爺抓過之後不久，阿不思的手腕就起了『疹子』。」餃子皺着眉回憶，忽然覺得自己好像一直弄錯了甚麼，他環視四周，作為守門人的黑歲竟然不見了蹤影……

「不會是黑歲爺爺給阿不思烙上了奴隸印章吧？」布布路一臉不可思議地將餃子心中的問題問了出來。

聽到這裏，暹羅渾身就像被刷了一層霜，當即反駁道：「不可能！黑歲爺爺是我們御風族的守門人，怎麼會用這種黑暗煉金術，又為甚麼要陷害阿不思呢？」

餃子瞇起的狐狸眼中閃過一道精光，喃喃道：「黑歲在阿不思手臂上留下奴隸印章，然後有意無意地提示我們暹羅族長很可疑，並引導我們爬上富氧草田，尋找土之心……假如火之燭也被他藏起來了，加上土之心，他就控制了一半的『風神之力』……如果阿不思前輩的母親復活之事也是他在搞鬼的話……難道他已經投靠了食尾蛇，或者，他本來就是食尾蛇組織的一員？」

黑歲是食尾蛇組織的一員？！

這雖然僅僅是個疑問，但此話一出，就像是一滴水掉進了

滾燙的油鍋，立刻遭到包括暹羅在內的在場所有御風族人的否定，他們七嘴八舌地為黑歲辯護：

「胡說，黑歲爺爺絕不可能是食尾蛇的人！」

「我們都是黑歲爺爺看着長大的，他慈祥善良，對任何人都和藹可親，連一隻小螞蟻都捨不得踩死！」

「黑歲爺爺是御風族裏年紀最大的長者，德高望重，才不會和食尾蛇同流合污呢！」

「沒錯，這是不可能的！」里安驚異地說，「他一輩子都勤勤懇懇，任勞任怨地看守御風族的入口，族裏再沒有比黑歲爺爺更無私的人了！」

等大家漸漸安靜下來，餃子才不緊不慢地說：「去掉所有的不可能，剩下來的就算再難接受也是真相。如果黑歲爺爺真像你們說的那樣，他為甚麼要騙我們說你們族裏有人曾對富氧丸過敏呢？作為守門人的他現在又在哪兒呢？」

餃子的話讓御風族人沉默了。

一個御風族人湊到暹羅身邊，報告道：「暹羅族長，我已經按你的吩咐進行了最後一次清查，住在村子裏的族人都已安全撤離了，可是……」

「可是甚麼？」暹羅忙問。

「我們上上下下找了一遍，都沒找到黑歲爺爺！」他老實地匯報，「黑歲爺爺失蹤了！」

「哼，」餃子冷笑着，進一步說出了自己的推斷，「如果我沒猜錯的話，他很可能是察覺到身份敗露，藏了起來……」

失效的「無限呼吸」

難道幕後黑手真的是大家信任的黑歲嗎？御風族人都沉默無語，尤其是里安，他的臉幾乎憋成了紫色，大家顯然都不願意接受餃子的推斷，但一時之間又找不到反駁的理由。

轟——大家腳下的地面又碎了一塊。冰錐般的雨滴此時已變得像鉛球般沉重，猶如一顆顆危險的炮彈。

容不得他們多想了，此時此刻，失去控制的阿不思才是更為棘手的問題——

阿不思周圍的螺旋氣流還在不斷增強，隨着轉速的加快，氣流旋渦也不斷向外擴張……富氧草、岩石、沙石、泥土……凡是被那氣流旋渦捲入的東西，全都在頃刻間化為了焦土！

「藤條妖妖的花粉在一定程度上可以讓人清醒過來，可是現在根本沒辦法靠近阿不思！」餃子無奈地說。

「我們衝上去！」布布路舉着金盾棺材想要幫餃子開路，可是半天也只挪動了數米遠，按這個速度，沒等到布布路靠近，整個慧壽丘就毀了。

眼看氣流旋渦越來越大，將大片的土地吞沒，暹羅果斷地摘下面具，大聲道：「我來試試！」

青筋般的紋路迅速在她臉上蔓延，她屏氣凝神，氣沉丹田，使出「無限呼吸」。強大的螺旋氣流在她周身翻湧，疾風驟雨般向阿不思飄了過去！

暹羅身法極為優美，彷彿在跳舞一般，卻又如此靈活，如

此迅速，如在雨中穿行般完美地避開了阿不思周圍的每一道氣刃。

餃子眼睛一眨不眨地注意着暹羅的每一個動作，直到此刻，他終於可以確定，暹羅不是前天晚上到「神隱之家」暗殺獅子曜的那個人！雖然他們的步伐同樣鬼魅般輕盈、方位多變，但暹羅走得依然有跡可循，她在畫圓，並且圓是逐漸向內縮進的⋯⋯這毫無疑問是相當厲害的一招，需要長年累月的堅持修習。餃子完全可以想像以這種螺旋形的步伐向圓心移動，當到達中心位置的時候，將積蓄的力量盡數使出，那將會是多麼厲害的一招！

可那個暗殺者，更是技高一籌！餃子完全看不透她如風中柳絮般的移動軌跡，不到出招的一瞬間根本無法看懂她的真實意圖！與她對過一招的餃子十分清楚，那個暗殺者強得令人防不勝防，難以抵禦！

眼看暹羅距離阿不思越來越近，眾人緊張地屏息以待。連里安的眼中也不由得多了幾分緊張和擔憂。

只見阿不思揚起雙臂，數道閃電般的氣流化作無形的氣刃從旋渦中呼嘯而出。

暹羅並不避讓，雙手配合身軀猛地一甩，身體高速旋轉起來，硬生生地將氣刃彈開！同時，暹羅的速度並沒有因為氣刃的干擾而減慢半分，而是以雷霆萬鈞之勢朝着阿不思疾馳而去！

就在暹羅的手距離阿不思咫尺之遙的時候，阿不思突然

如霜打的茄子般垂下頭來，渾身脫力地頓住了，洶湧的狂流也都彷彿被按下了暫停鍵，瞬間停止，飛沙走石就這樣停留在半空中，彷彿連時間都被凍結了！

再過一秒，暹羅就能碰到阿不思了，可一切都在眨眼間發生了驚天的逆轉。

阿不思垂下的雙手突然兇狠地出招了，狂流彷彿蓄積了更強的力量，朝着暹羅的方向呼嘯着奔湧而去！阿不思掌風迅猛無比，暹羅感到一陣刺痛，身體彷彿被一股難以描述的力量貫穿，她被狠狠地甩了出去。

連百米開外的布布路和餃子都被餘波衝擊得退了好幾步。

啪！一個黑影從天而降，重重地摔了下來。

布布路的反應最快，及時地衝上前去，接住了暹羅。兩人連退了好幾步，才穩住身體。

「暹羅族長！」幾個族人都圍過來，檢查暹羅的狀況。

暹羅虛脫地癱倒在地，身上沒有明顯的傷口，但青紋卻越來越黑了，失血的皮膚像紙一樣慘白，顯然受了不輕的內傷。

御風者的青色罪印
MONSTER MASTER 18

新世界冒險奇談
第十六站 STEP.16

天降援兵
MONSTER MASTER 18

不可思議的陣容

連「無限呼吸」都失效了……

暹羅感到鑽心般的劇痛，她看了看危在旦夕的慧壽丘，權衡再三，終於用最後的力氣擠出幾個字來：「大家趕緊撤退！」

族人們看到連暹羅族長都在一擊之下敗下陣來，知道事態的嚴重，不敢再耽擱片刻，趕緊朝村外逃去。

呼呼呼 ——

被奴隸印章控制的阿不思的身體如同陀螺一般高速旋

轉，氣流形成的巨大旋渦不斷翻湧、奔騰，在慧壽丘上急劇擴張。逃亡大軍沒命地奔跑，如果從高空向下俯瞰，那場面蔚為壯觀。可身處其中就一點兒都不好玩兒了，所有人都跑得滿身大汗，呼吸聲粗重得就像肺部破了個洞，每一個人心中都在暗叫不妙，再這麼跑下去，他們遲早要精疲力竭，被氣流旋渦吞噬！

無情的毀滅氣流持續擴散，形成一團又一團高速旋轉的旋渦，以摧枯拉朽之勢破壞着整個慧壽丘。大地晃動着，裂開了無數缺口，龍捲風衝天而起，彷彿連天接地。

漸漸地，逃亡大軍越跑越慢，每個人都疲態盡現。他們跑不動了，瘋狂蔓延的氣流旋渦已經追到屁股後……

在隊伍的最後，布布路猶豫地說：「餃子，我們不能丟下阿不思！」

「布布路，你先別擔心。阿不思雖然被人控制了，但她處於風團的中心，那裏暫時沒有危險。」餃子抹了把汗，拉起布布路往前跑，「比起她，我們這些人才更危險。」

餃子話音剛落，幾聲慘叫響起，幾個落在後方的御風族人被氣流旋渦捲上了天，瘋狂地在其中旋轉着，越轉越高。

「啊！」

「救命！」

布布路和餃子都反應奇快，往上一跳，試圖抓住離他們最近的御風族人，可是面對颶風般的氣流旋渦，個人的力量是如此渺小，兩人沒有救下御風族人，反倒把自己也給搭了進去，

被氣流旋渦捲得飛了起來⋯⋯

半空中布布路和餃子一邊拚命維持着平衡，一邊看到了讓人更加頭痛的一幕，居高臨下看去，前方出村的御風族人被一些人攔住了去路。

甚麼人這個時候竟然還往村子裏面衝？布布路難以置信地揉了揉眼睛，依靠着超強的動態視力再看過去，那些人竟然是之前在「神隱之家」交過手的女蟲族，她們正詭異地扭動着身體朝村民們靠近！

刺客們追到這裏來了嗎？這真是一波未平，一波又起！向來足智多謀的餃子此時也一籌莫展，擺出一副聽天由命的無奈表情。

出乎意料的是，那羣人衝進村子後，並沒有大肆破壞，而是幫着村民撤離，並抵禦不斷擴張的沙石狂流和雨滴炮彈。

餃子和布布路在阻擋視線的沙石中勉力分辨着，簡直不敢相信自己的眼睛，直到幾個熟悉的身

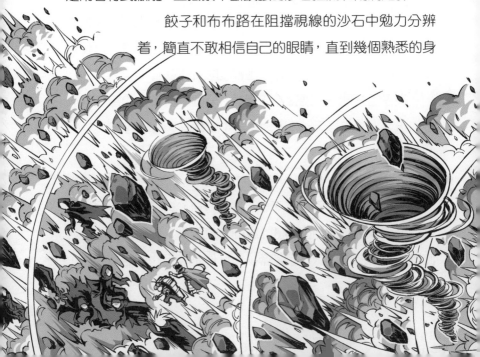

影出現在他們的視野裏 ——

　　正中領頭的赫然是獅子曜委員長，獅子堂、賽琳娜、帝奇站在他身旁，他們身後竟然還跟着那藍星第一刺客 —— 矛隼，以及熊獸族的熊男族長和女蟲族的蟲女族長。

　　這個陣容究竟是怎麼回事？布布路和餃子一頭霧水。

　　嗖 —— 一顆足球般大小的石塊從遠處呼嘯而來，巨大的衝擊波將地面砸出一個半圓形的深坑！

　　這石塊和富氧草田內一觸即潰的岩石完全不同，根本不受狂流的影響，落在地上紋絲不動。

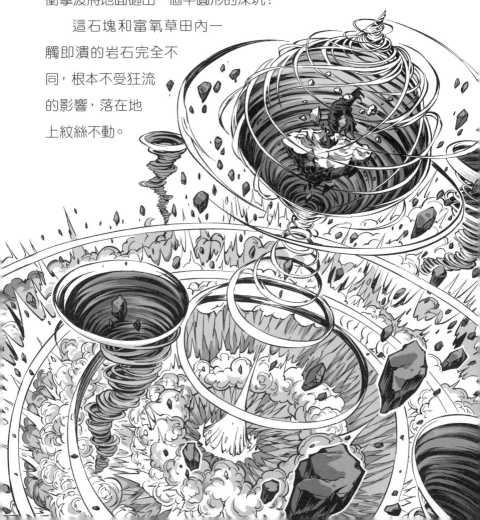

「這不是委員長家的『超沉重石』嗎？」餃子頓時反應了過來。

果然，遠遠地，熊獸族的人正一人拖着一筐石頭朝這邊扔來，看來是他們將石頭運了過來。

嗖嗖嗖——

又有幾個大小不一的石塊，像炮彈般呼嘯着疾馳而至，準確地落到幾個落在後面的御風族人的身邊，石塊落地生根，任憑狂流肆虐咆哮仍然穩如泰山。狂流在屏障般的石塊面前生生消散開來，破壞力銳減，幾個原先被吹得連滾帶爬的御風族人都在石塊後方穩住了身體。

不消片刻，天空出現了上百顆「黑點」，轉眼間，密密麻麻的石塊雨從遠處襲來，整個天空如同被撒上了一把黑芝麻！

密集的「石雨」噼里啪啦地落下，一鼓作氣地將氣流旋渦的外圍打散，被吹到半空中的布布路等人急速墜落。布布路和餃子都是身手不凡，幾個空翻化解了下墜的衝勢。兩個預備生重新回到

地面後，又馬不停蹄地行動起來，一會兒這邊，一會兒那邊，眼明手快地接住了好幾個從半空中掉下來的御風族人。

帝奇、賽琳娜和獅子堂也跑過來幫忙，確認全員安全無恙後，眾人總算鬆了一口氣，都精疲力竭地癱倒在地，氣喘如牛。

重逢的同伴們坐在一起，布布路開心地歡呼起來：「哇，你們帶來的這場『怪石雨』真是我們的大救星！」

力 挽狂瀾

「對了，熊男蟲女們為甚麼會來幫忙呢？難道他們改過自新了？」餃子好奇地問。

「他們本來是要被押送到錮魔城的，但半途接到爺爺的聯絡信息，表示如果他們願意來慧壽丘幫忙，刺殺行動他可以既往不咎。」獅子堂淡定地說，看來這種事對獅子曜委員長而言就像家常便飯般普通。

「難怪委員長爺爺深得大家信任！」布布路敬佩地說，「我爺爺說過，論天下英雄，比武力值為下，比事業者為中，比胸襟氣度才是上者！獅子曜委員長顯然是位真正的英雄。」

賽琳娜和帝奇也認同地點點頭，跟在獅子曜委員長身邊的確受益匪淺。

不過，作為話題中心的獅子曜委員長此時仍然神情嚴峻。他跟暹羅族長交涉了片刻後，沉聲道：「狂流旋渦雖然被一陣怪石雨打散了不少，可阿不思還是被操控着。你們看，那些原本消散的狂流又慢慢向她匯集，照這樣下去遲早會再次形成龐大的氣流旋渦，捲土重來！」

獅子曜頓了頓，鄭重地說出整個戰略部署的核心所在。「只有抹去阿不思手臂上的奴隸印章才能救出她並平息這場災難。」

「我想『治癒之雨』可以洗去阿不思手臂上的奴隸印章，但是必須先讓她身邊的狂流旋渦停止，否則『治癒之雨』還沒落下恐怕就已經被吹得無影無蹤了。」賽琳娜說出自己的顧慮。

獅子堂目光停留在遠處的阿不思身上，喃喃低語道：「放心，我一定會把你救出來！」

獅子堂側目看向身邊的矛隼，示意他一起行動，矛隼冷笑

了一聲道：「我從來只知道殺人，不知道救人，要是失手殺了你的朋友，可不要怪我。」

獅子堂頓時臉色一變，眉宇間透出一股肅殺之氣，一字一頓地說：「你要是敢傷害她，我絕不會袖手旁觀！」

矛隼雖心有不甘，卻也沒再和獅子堂爭辯，兩人在熊獸族投擲的怪石掩護下，以閃電般的速度向阿不思靠近。

同時，賽琳娜召喚出水精靈，伺機而動，只要阿不思周身的氣流一消散，她就會降下「治癒之雨」。布布路和餃子在一旁為大姐頭保駕護航。

獅子曜則對被攙扶着的暹羅說：「暹羅族長，這裏兇險異常，而且你又身受重傷，還是先帶領族人撤離，不要徒增傷亡了。」

暹羅點了點頭，但似乎並不甘心就此離去，她吩咐里安帶領族人往村外撤退，自己原地坐下調息，而女蟲族則協助治療受傷的御風族人。

援軍的到來穩定了原本失控的局面，也讓大伙兒重新看到了希望。

然而就在這時，墜落在地的那些怪石突然騷動了起來，在一個個半圓形的撞擊坑裏，一塊塊原本紋絲不動的怪石竟然簌簌顫動，像是受到某種神祕力量的召喚，全都朝着同一個方向滾動起來！

沒一會兒工夫，聚集的怪石就堆出一座數米高的黑石小山。小山的體積越大，吸引力似乎就越強。漸漸地，連熊獸族

剛剛擲出的怪石竟然也直接在半空中改變軌跡，嗖嗖嗖地被吸向這座黑石小山。黑石小山的外觀不斷變化，竟漸漸「生」出腦袋和四肢……

那座黑石小山轉動着由黑色怪石組合而成的腦袋和四肢，搖搖晃晃地站了起來，足有幾十米高！

「大家小心！」獅子曜警惕地盯着這個由他家怪石組成的「怪石人」。

遠處的熊獸族人也察覺到了這邊的變化，停下了手中的投擲動作。

浮出水面的背叛者

阿不思就在眼前，可突然多出個怪石人攔住了大家的去路。

布布路沉不住氣了，他心想，怪石雖然又硬又沉，可總不會比金盾更加堅硬，於是高舉金盾棺材，既當錘來又當盾，一馬當先衝了過去。

　　轟！怪石人一拳揮出打在金盾棺材上，發出不絕於耳的轟鳴聲。

　　金盾棺材承受撞擊後雖然沒有任何損傷，但是舉着它的布布路卻手臂酥麻，不由得後退了幾步。

餃子和帝奇立即從兩邊策應，然而怪石人的防禦力太強，餃子和帝奇雖然好幾次攻擊得手，卻並不能對它造成甚麼實質性的傷害。

「讓開！」一個陌生的聲音從頭上響起，一道令人膽寒的霸道劍氣接踵而至。

哐的一聲巨響，怪石人的一條手臂被生生斬下半截，如此霸道的劍氣，不用回頭看也知道只有藍星第一刺客矛隼才有此等修為。

緊接着又是兩道劍氣從天而降，幾乎將怪石人的肩膀砍開一道深深的豁口，另外一條手臂也搖搖欲墜。

矛隼講究一擊必殺，面對強敵時往往第一招便拼盡全力，不留後手。一擊若不能得手，按照他的作風便會撤退，此次接連揮出三劍讓他感到精疲力盡，只好退到一旁調息。

戰場重新由幾個預備生主導。

「四不像，十字落雷！」布布路一聲令下，一個鏽紅色的腦袋從他身後鑽了出來。耀眼的十字落雷噴射出去，怪石人本能地抬起受傷的手臂護住身軀。轟

的一聲，怪石人的整條手臂被擊碎了！

　　「攻擊它肩頭的劍傷！」布布路雙手抱起四不像，將他托到胸前。

　　四不像蓄力吸氣，肚子一下子鼓脹得巨大，張着大嘴，喉嚨深處的紫色電光噼啪作響。一道蘊含着十二分力道的十字落雷噴射而出，準確地命中怪石人肩頭！

　　轟的一聲，怪石人身上冒出了焦黑的濃煙，四分五裂的石頭身體紛紛往下掉落。

　　等到濃煙散去，布布路和餃子驚訝地發現，被炸開的怪石人殘骸中，赫然露出一個熟悉的人——黑歲爺爺！

　　「黑歲，真的是你！」暹羅難以置信地問道。

　　黑歲冷笑不語，顯然是默認了。

　　暹羅的眼中充滿失望和困惑，她死死地盯着黑歲繼續問道：「族長婆婆的死和您有關嗎？您真的背叛御風族、投靠食尾蛇了嗎？還是有甚麼苦衷……」

　　「沒有人逼我，我也沒有苦衷，」黑歲冷冷地說，「我是自願加入食尾蛇的。」

　　暹羅的目光徹底黯淡下來，悲憤交加地說：「那就讓我來親手解決你吧。」

　　一直在打坐調息的暹羅突然站了起來，她向黑歲揚起手掌，掌中發黑的青色紋路若隱若現，似乎準備再次使出「無限呼吸」。然而就在這時，暹羅卻雙膝一軟，癱倒在地。青紋徹底褪去，她的嘴脣和指甲全都變成了可怕的黑色！

　　「這是中毒的症狀！」獅子曜頓時變了臉色。

　　「你猜對了！她的症狀是長期直接服用富氧草造成的，因為我告訴她，只要那樣做，就能練成『無限呼吸』。」黑歲露出譏嘲的笑意，惡毒地說，「可惜她不知道，『風神之力』早在八年前就被她姐姐封印了，她的『無限呼吸』只是被富氧草催發出來的亢奮表現，現在興奮期結束了，毒素會迅速侵襲五臟六腑，她以後恐怕都無法再修煉呼吸法了，可惜啊可惜！」

　　在黑歲的嘲笑聲中，暹羅雙眼一翻，因毒氣攻心而昏死過去。

預備生人氣大考查

Q08

你的同伴在不知不覺間被烙下了奴隸印章，對你拳腳相向，你會怎麼做？

A. 默默承受的同時努力喚醒他（7分）
B. 逃跑（1分）
C. 想辦法先制伏他，然後再處理奴隸印章（5分）
D. 且戰且觀察周圍，先揪出給他烙下奴隸印章的人（3分）

■即時話題■

布布路：那些被熊獸族扔出來的「怪石」該不會是委員長家裏的假山石吧？！

獅子堂：正是如此。

布布路：哇，熊獸族的力氣真大啊！

餃子：等等，如果我沒記錯的話，委員長的家是一隻叫「神隱」的怪物，而我們打掃的庭院是神隱的口腔，也就是說，這些假山石都是「神隱」口腔裏的……牙齒嘍？

獅子堂：不是牙齒，是牙結石。

布布路四人：牙——結——石？牙結石！

餃子：我有點不忍直視這些把牙結石扔來扔去的熊獸族了！

布布路：我還搬過呢！那獅子堂我問你，大姐頭澆的花、帝奇修的籬笆、餃子修剪的藤蔓又是「神隱」的甚麼部位？

賽琳娜：不，獅子堂你不用回答，我們一點兒都不想知道！

完成這個測試後，你可以判定自己作為一個怪物大師預備生的人氣到底有多高。

測試答案就在第十八部的第225頁，不要錯過喲！

這是成為怪物大師的必經之路！！！

MONSTER MASTER

尊敬的讀者：現在你跟隨布布路一起踏上了成為怪物大師的道路！向所有的困難發起挑戰吧！

御風者的青色罪印
MONSTER MASTER 18

新世界冒險奇談
第十七站 STEP.17

禁忌的神筆
MONSTER MASTER 18

第四件法器的真相

暹羅的「無限呼吸」原來是一場卑鄙的騙局，獅子曜立即讓女蟲族幫助她解毒。

而遠處黑洞洞的氣流旋渦裏面，除了阿不思之外早已沒有任何活物。再這麼下去，阿不思的性命就岌岌可危了。

不能再拖下去了！眾人全都牙根癢癢地看着並無半點悔意的黑歲，想要一舉將他拿下。可是，讓大家始終遲疑的是，阿不思還在他的控制之下……

獅子堂也察覺到了大家的顧慮，他站出來，沉聲對黑歲道：「黑歲，如果你願意解除阿不思身上的奴隸印章，我會幫你向我爺爺求情，讓怪物大師管理協會對你寬大處理！」

「你沒有資格跟我談條件！」黑歲不屑地說，「如今，四大法器都已經在我的手裏，有了『風神之力』，我想做甚麼就做甚麼，怪物大師管理協會能奈我何？」

「果然是你搶了婆婆的水之鐲！」布布路憤怒地說，隨即扳起手指頭，「水之鐲加上火之燭、土之心，這才三個啊，第四件法器在哪裏？」

「哈哈哈，怪物大師真是愚蠢至極，你們來慧壽丘調查了那麼久，竟甚麼都不知道！」黑歲露出一抹獰笑，陰森地看向氣流旋渦，「風之靈早就不在了，所謂的第四件法器就是你們的好伙伴——阿不思啊！現在她體內不僅裝着原本風之靈中的『風神之力』，還融合了土之心裏的『風神之力』，嘖嘖，不錯不錯，真不愧是阿蒂婭的女兒。」

沒想到阿不思就是第四件法器——風之靈！當年，阿蒂婭竟把最後四分之一的「風神之力」封入了自己女兒的體內！

這個消息像重磅炸彈，讓所有人都呆住了。

「你想把阿不思怎麼樣？」獅子堂的額頭青筋暴跳，他嚴厲地質問黑歲。

「普通人只吸一口『風神之力』就會肝膽俱裂，阿不思竟能吸收二分之一的『風神之力』，這樣的奇才，不為食尾蛇效力，不是太可惜了嗎？」黑歲揚揚得意地說，「控制了阿不思，

就等於擁有了『風神之力』，我想，四天王一定都對她充滿興趣！」

「不許你傷害阿不思！」預備生們憤怒至極，齊齊向前跨出幾步，準備交戰。

但餃子突然頓住了，他的一隻腳踩在剛剛被打碎的那堆怪石殘骸上，好像發現了甚麼。

「原來如此。」餃子叫了一聲，恍然大悟地說，「是元素之心！」

賽琳娜俯身一看，也頓時明白了。地上的一堆怪石殘骸中有一塊兩三個拳頭大小的黑色晶石，那晶石通體發黑，內部泛着一些意義不明的紋路。

「那是甚麼？」布布路好奇地問。

「你上課時到底有沒有帶腦子啊？」餃子鄙夷地說。

「腦子？我的腦袋一直在我的脖子上啊！餃子難道你看不見嗎？」布布路一臉關切地瞅着餃子狐狸面具下的雙眼。

餃子的腦後頓時冒出一排冷汗，他居然被這個單細胞生物給反諷了，並且這無意識的殺傷力還強到讓他啞口無言。

「聽着，元素之心就是所有單純由元素組成的怪物的內核。最有名的就是泰坦巨人的泰坦之心了，你應該還記得吧？」賽琳娜及時出聲解釋，算是拯救了餃子的尷尬。

「哦！泰坦之心，」布布路一拍大腿，「我當然記得！但我們上課說到過泰坦之心嗎？」

/7 禁忌的神筆

CREATED BY LEON IMAGE

「上課說的是元素之心!」帝奇翻着白眼,加入鄙視布布路的行列。

「說過嗎?我怎麼不記得了⋯⋯」布布路再度把話題繞回去了。

原本劍拔弩張的氣氛,在吊車尾小隊的一問一答中陡然消散。

就在其他人都狐疑地看着他們的時候,四不像突然從布布路頭上一躍而下,湊近瞧了瞧那塊晶石,又用鼻子嗅了嗅,然後一臉嫌棄地朝着那塊元素之心踩了下去⋯⋯

「不要啊⋯⋯」那很值錢的呀!餃子還沒喊出理由,噗的一聲,元素之心竟然化成一攤黑水,濺了四不像一身。

「布魯!」這下四不像惱了,張牙舞爪地朝布布路撲去,把黑水統統往他身上蹭。

布布路捏着鼻子,哀怨地大叫起來:「四不像,你太沒道義了!怎麼可以拖我下水呢?嗚嗚嗚,大姐頭,幫幫我,讓水精靈給我們沖沖乾淨吧⋯⋯」

「喂,」黑歲在一旁陰沉着臉,不耐煩地呵斥,「你們幾個叨叨個不停,是來說相聲的嗎?」

餃子一臉精明地看向黑歲,說道:「是啊,我們剛剛就是在說相聲,好聽嗎?」

黑歲突然意識到了甚麼,猛地回頭看去 ——

Love & Dreams
MONSTER MASTER　181

精英隊的同伴情誼

　　獅子堂和大聖王已經悄無聲息地靠近了阿不思。大聖王用一隻手抱着一塊黑色怪石，在狂流中穩定住自己的身體；另一隻手將金剛棍揮舞得虎虎生風，在這片充滿死亡氣息的氣流旋渦裏為身後的獅子堂開出一條生路。

　　呼 —— 呼 ——

　　想要接近阿不思談何容易！

　　「風神之力」掀起肆虐的氣流，空氣中像飛舞着無數把鋒利的刀子。雖然大聖王擋在了前方，但獅子堂還是免不了被兩邊的氣流所傷。他的衣服被割破了，身上傷痕累累，汗水和血水順着皮膚滴滴答答往下淌，但他眼中放射出堅定的光芒，不屈不撓地朝着阿不思一步步地靠近……

　　獅子堂向大聖王使了個眼色，大聖王手臂上青筋暴起，猛然將獅子堂投向了阿不思。

　　黑歲想要追過去，可是來不及了。獅子堂就如同逆風疾飛的海燕一般衝向了阿不思。

　　「阿不思！」獅子堂在疾風中鮮血直流，但他沒有一絲懼

色，忍着劇痛大聲呼喊，「阿不思，別忘了我們的夢想和誓言！不論在多麼危險的時候，我們都絕不丟下同伴，也絕不放棄自己！你、我，還有十三姬和朔月，我們將來都要成為藍星上最強的怪物大師！你給我堅持住，我這就來救你！」

「啊——」聽到獅子堂急切的呼喚聲，失去意識的阿不思發出一聲震天的嘶吼。她仰起身子，彷彿用盡了全力一般，扭曲着雙臂，張開的雙掌骨節嘎嘎作響，似乎本能地和奴隸印章做着對抗。

當阿不思的雙手緊緊握成拳頭時，狂風亂流瞬間被壓制了下來。

遍體鱗傷的獅子堂沒有錯過這個短暫的瞬間，

他憑藉不屈的意志，將手指上沾着的血水抹向阿不思手臂上的奴隸印章……

阿不思和獅子堂親如手足的情誼讓布布路忍不住熱淚盈眶，激動地看着這一幕，等待阿不思蘇醒的瞬間。

可出乎意料的是，奴隸印章並未就此抹去，阿不思仍如風中殘葉般苦苦掙扎，獅子堂急得滿頭大汗。

「哈哈哈哈！想抹去奴隸印章，沒那麼容易……」黑歲張狂無比地說。然而他話還沒說完，就噎在了喉嚨裏，眼中冒出被欺騙的怒火。

天上突然開始下起了閃着淡藍色熒光的細雨。

整個世界彷彿一下子安靜了下來，綿綿細雨灑落在每個人身上，讓人有種說不出的暢快，任何不適的感覺都一掃而空，只剩下一種沁人心脾的清新感。

暹羅感到身體內的毒氣正飛快地消散，受傷的御風族人重新恢復了體力……

「太棒了！『治癒之雨』！」布布路高興地叫了出來。

細雨落在阿不思的手臂上，那暗紅色的奴隸印章隨即化作一攤黑水，阿不思也恢復了神志，只是因為駕馭「風神之力」對身體造成了巨大的損耗，她顯得有些疲憊。

獅子堂身上被氣刃傷到的地方瞬間就癒合了，他攙扶着阿不思，大聖王則在一旁守護着他們。

「奇異」和「厲水」

暗無天日的旋渦消失了，阿不思回到了大家身邊。黑歲氣得發抖，一時間竟然呆站在那裏不知所措。

一切都是算計好的，吸引黑歲的注意力，獅子堂和大聖王負責壓制住阿不思身邊的狂流，這一切的真正目的都是讓賽琳娜降下的「治癒之雨」能落在阿不思身上。

只有一點出乎意料，賽琳娜和餃子、帝奇交換了一個謹慎的眼神——

白鷺導師在課堂上傳授的知識裏可沒有元素之心能化成黑水的內容啊？而剛剛，阿不思手臂上的奴隸印章也變成了黑水……難道……

獅子曜端詳着阿不思手臂上殘留的黑水，若有所思地說：「被四不像踩爆的元素之心和阿不思手臂上的奴隸印章，都化成了黑水……莫非黑歲會用傳說中的『神筆』？」

「神筆？」聽到這個詞，獅子堂一驚，全身再度戒備起來。

「神筆很厲害嗎？」布布路的好奇心立刻被調動了。

「神筆是一種被視作禁忌的怪物技能，」獅子堂為布布路科普起來，「最特別的是，神筆不是單一的怪物技能，而是需要兩隻怪物配合才能發揮出來的『疊加怪物技能』，如果我沒記錯，那兩隻怪物的名字分別是『奇異』和『厲水』。」

「疊加怪物技能？奇異、厲水？」布布路完全沒聽懂。

「『奇異』和『厲水』都是怪物的名字，『奇異』的能力是

將人腦中的畫面完美地呈現在紙上，『厲水』則是一隻能噴吐墨水的怪物，只要能用這墨水畫出和真實物體一模一樣的畫，畫中物體就能變成真的。」獅子堂不厭其煩地向布布路和其他人解釋道，「本來，這兩隻怪物的技能都是無害的，比如『奇異』這支神筆，通常來說是毫無戰鬥力的怪物，只能幫助學習，這種能力除了黑鯛那種學者以外，其他人拿着可謂毫無用處。而『厲水』的能力就更荒謬了，首先，『厲水』作為怪物，囤積墨汁需要相當長的蓄力時間，並不能長時間作畫，其次，世界上似乎沒有任何人能將所見之物以筆力變成真的。但如果它們兩個配合的話，情況就大不同了……」

「我明白了！」布布路恍然大悟，「只要『奇異』蘸着『厲水』的墨汁作畫，只要是這世界上存在的東西，它們就都能變出來！」

這個「疊加怪物技能」真是太神奇了！不過，如果這個能力被黑歲這樣的人

控制，那就太可怕了！

　　「這麼說來，不管是那座一夜之間冒出來的謎之要塞、變異的龍蠍，還是元素之心，乃至阿不思手臂上的奴隸印章，這些不存在的東西一件件出現了……應該都是神筆的傑作！」餃子咬着牙接道。

　　「是的，一切都是我做的！」對於大家的質疑，黑歲全都大方地承認了，並陰險地挑釁道，「有神筆在，我就像創世神一樣，一切曾在藍星存在過的人、事、物，都能為我所用！」

　　「就算你把十影王變出來，我也不怕你！」布布路毫無懼意地站出來，義正詞嚴地說，「我爺爺說過，在這個世界上，哪怕是最弱小的人，也是獨一無二、

不可替代的存在。一切虛假的、仿造的、複製的東西，在真正
的信仰面前都會化為烏有！」

　　「好大的口氣，看來得給你們點教訓才行！」黑歲冷笑着舞
動起左手的長袖。當黑歲長長的左袖被掀起的剎那，所有人的
呼吸幾乎都停滯了 ——

　　黑歲的左手臂就如同一條扭曲的老樹根，與一隻張牙舞爪
的怪物連接在一起，那怪物頂着一頭毛筆般的頭髮，狹長的身
軀像一支透明的筆管。

御風者的青色罪印
MONSTER MASTER 18

新世界冒險奇談

第十八站 STEP.18

不可不戰
MONSTER MASTER 18

另一半「風神之力」

「難道黑歲已經和神筆融為一體了?」餃子難以置信地嘀咕,「也就是說,黑歲讓『奇異』和『厲水』都共生在自己的身體上了⋯⋯」

眾所周知,在怪物大師的世界裏,人類是禁止和怪物共生的,這一定又是黑暗煉金術的產物⋯⋯

「噢,神筆好像要沒有墨水了!」布布路大聲地說,那怪物的透明身軀內,僅剩下淺淺的一層墨水了。

「嘿嘿，這一點墨水就足夠打敗你們了！」黑歲露出陰惻惻的笑意，他用左手奮力在地上一畫，地面上赫然浮現出一個圓形的煉金陣。

對布布路、餃子和帝奇來說，這個煉金陣實在太眼熟了，之前在沙魯，侏儒們就是用這種煉金陣將索加召喚出來的。莫非這一次，黑歲打算將食尾蛇的四天王召喚出來嗎？

大家都不由得屏住呼吸，嚴陣以待。

漸漸地，一個人影從法陣中央浮現出來。一看清那人，在場的所有人都不由得大驚失色。

因為那個人不是別人，正是前一天晚上在「神隱之家」刺殺獅子曜的暗殺者，阿不思的媽媽——阿蒂婭！

原來，黑歲在食尾蛇的幫助下用《墮天錄》喚醒了本該安息的亡者！

「阿不思，你別被迷惑了啊……」布布路他們全都將目光投向阿不思，擔心不已。然而，阿不思就像禪定了一般，立在那裏一動不動，誰也不知道她在想些甚麼。

這時，黑歲又從黑袍的貼身口袋裏摸出一個水銀白的鐲子，那正是失蹤的水之鐲！

既然水之鐲在他手中，那就說明族長婆婆果然也是死在了黑歲的手裏！他想幹甚麼呢？

「不好！」

「住手！」

見黑歲將水之鐲高高舉起，布布路、帝奇和餃子三人心裏

咯噔一聲，本能地拔腿往前衝，想要阻止黑歲。

但來不及了，黑歲迅速地把水之鐲砸向阿蒂婭，嘩啦一聲，水之鐲被封印的「風神之力」頃刻泄漏，化成一道強勁的氣流，一股腦地融入阿蒂婭的身體裏。

「哈哈，亡者是沒有極限的，『風神之力』的另外一半屬於阿蒂婭了！」黑歲獰笑着，陰陽怪氣地說，「阿不思，如果你想保護你的族人和家鄉，想對抗食尾蛇，那就先親手打倒你的母親吧！」

另一半？大家豁然明白了，之前阿蒂亞能一舉擊潰矛隼他們，恐怕當時黑歲就已經將火之燭的力量注入了她體內。

阿蒂婭優雅地舞動手臂，全身泛起猙獰的青紋，源源不斷的氣流從她腳下盤旋而起，迅速形成可怕的毀滅氣旋，以井噴的速度向四周擴張開去！

一片絕望的抽氣聲中，禪定中的阿不思突然開口了。她冷靜地說：「布布路、餃子、帝奇，請你們退後，這一次請讓在下來應戰！」

阿不思的聲音很低，卻充滿了志在必得的氣勢，布布路他們點了點頭，知道這是一場他們無法介入的戰鬥……

捍衛尊嚴與使命的對決

兩人黑袍翻飛，強勁的颶風在兩人身邊各自升起，化作狂流，瘋狂地捲起地面上的沙石，朝着對方所在的方向奔騰而

去，轟然對撞。

　　巨大的煙霧騰起，以二人為中心，周圍數里之內被強勁的氣流侵襲得一片狼藉，景象震天撼地，如同末世一般。

　　所有人遠遠地看着，都不由得為阿不思捏了把汗。儘管大家都知道眼前的阿蒂婭只是一個虛假的空殼，但是他們知道，「風神之力」之間的對決，必然是場史詩級的戰鬥，更何況，這樣的一場戰鬥還發生在原本陰陽兩隔的親人之間⋯⋯

　　而颶風狂流中的兩人卻絲毫不為所動，她們就這樣對峙着，精神已與自然融為一體，感受着天地間的一切，也感受着對方的一切，哪怕一絲的分心或畏懼被對方察覺到，都將迎來毀滅性的一擊！

　　「阿不思，你好好看清楚，這可是你日夜思念的媽媽阿蒂婭。你怎麼能對她出手呢？」黑歲一副勝券在握的樣子，出言蠱惑阿不思。

　　雖然這一戰關係到御風族全族的命運，甚至對整個藍星的現有格局也會產生深遠的影響，雖然對手只是黑歲用禁忌祕法喚醒的母親，雖然阿不思清楚這一切⋯⋯但是阿不思在聽到

黑歲說話的那一瞬間還是遲疑了一下。

阿蒂婭準確地抓住了這個瞬間，出擊！

嗖的一聲，她的身影消失不見了，以動態視力見長的布布路連阿蒂婭的影子都沒看到，帝奇在狂流中根本分辨不出阿蒂婭的氣息，所有人都面如土色，心提到了嗓子眼……

餃子正想用天眼搜尋阿蒂婭的蹤跡，她突然出現了，在阿不思身後擊出一掌！

阿不思來不及做出任何避讓、卸力或者防禦的動作。

啪！阿蒂婭的掌心穩穩落在阿不思肩頭，一個和阿不思一模一樣的閃着璀璨金光的半透明分身被轟出了身體！而阿不思卻好像沒有受到任何影響一般，腳步在地面上輕點一下，以迅雷不及掩耳之勢出

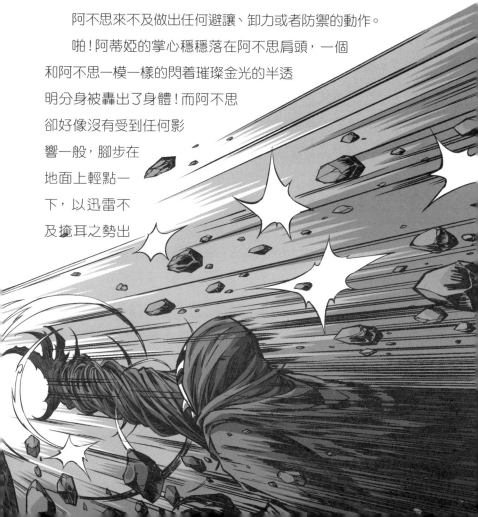

掌回擊，一擊即中！掌心正中阿蒂婭胸口，阿蒂婭的身後同樣也有一個金色半透明分身被轟出體外！

　　就在大伙兒目瞪口呆之際，阿不思和阿蒂婭已如疾風般交戰了數百掌。剎那間，雙方身後多了上百個閃着金光的半透明分身，飛沙走石間綻放出無數道耀眼的金光，閃得大家幾乎睜不開眼睛！

　　那上百個分身似乎充滿着至死方休的戰意，被轟出本體後，迅速調整姿態，不顧一切地飛身上前迎戰對手。原本母女二人的對戰，竟瞬間演變成了數百名頂尖高手的終極對決！

　　時間如同停止了一般，只有阿不思和阿蒂婭還維持着對掌的動作，她們身後的那些分身則化作數縷金色流光，如流星般向對方衝去，彷彿擁有無窮無盡的能量！

　　兩人對掌的聲音越來越快，越來越響，分身發出的金光也越來越刺眼，由金色逐漸變成白色，化為即使伸手也擋不住的耀目強光！而那持續噼啪作響的對掌聲，最後竟變得像一陣長鳴的噪聲，彷彿要刺破眾人的耳膜！

　　最後，那閃光化作一團極其耀眼的光球，如同一個小太陽，把整個慧壽丘照得如同白晝！

　　誰也看不清究竟發生了甚麼，直到數分鐘後，強光才慢慢黯淡下去，而那毀天滅地般的颶風狂流也在瞬間煙消雲散……

　　方圓數百米除了沙土，甚麼都沒有，絲毫看不出這裏曾是一片生機盎然的富氧草田。原本以二人為中心的戰場，現在只

剩下一個人孤零零地站在那裏。

「是阿不思！」布布路第一個看清楚。

獅子堂立即衝上前去，可是剛剛跨出幾步就被阿不思伸手制止了，她看起來似乎有些不對勁。

阿不思感到自己的身體在發熱，全身像被幾股浩蕩的力量拉扯着，彷彿抬起雙手就能碰到天空，邁出雙腿就能越過高山，體內充斥着一股不可思議的巔峯力量。她深吸一口氣，用呼吸法稍稍調動體內的能量，竟發現這能量已變得洶湧澎湃，彷彿無窮無盡！她輕輕朝着遠處已經崩塌的富氧草山點點頭，就見一道無可阻擋的颶風狂流，瞬間將怪石嶙峋的山頭夷為平地！

所有人都被驚呆了，連阿不思自己都頗感意外。

這也完全出乎黑歲的意料，他不敢相信地大叫：「阿蒂婭呢？這是……怎麼回事？！」

「『人之生，氣之聚也。聚則為生，散則為死。』這便是不可違逆的自然之道。」阿不思喃喃念道，她的聲音遙遠而空靈，如自悠遠的虛空傳來，直抵每個人的腦內。這一刻，彷彿世界上所有其他的聲音全都消失了。

「就算召喚出亡者，將『風神之力』強行注入，巨大的能量也無法在亡者的體內凝聚流轉，充其量是回光返照，強弩之末而已。若遇到實力相當的對手，無法流轉的能量一旦被打散便無法再聚合，便會一瀉千里。現在，在下已經吸收了所有的『風神之力』……」

說完，阿不思定定地看向母親阿蒂婭消失的方向，剛剛她化為塵埃的那一瞬間，竟然朝自己粲然一笑。那笑容就像是一個長久牽掛孩子的母親在看到孩子平安長大歸來時一樣，舒心而滿足。

　　「母親大人！」阿不思胸口起伏，體內互相牽制的幾股力量漸漸歸於平靜，但那平靜中又隱隱散發出更加驚天駭地的力量，「風神之力」已經完全融為一體。她輕柔地低語道：「請您安睡吧！」

<u>黑</u>歲的真面目

「可惡!」黑歲面目猙獰地看着阿不思,揮動着扭曲的手臂,垂死掙扎般撲了過來。

阿不思見狀並不躲閃,只是緩緩伸出了左手,中指彎曲抵在拇指下方。一股勁氣從阿不思指尖彈出,瞬間化作一股狂流,咆哮着衝向了黑歲!

黑歲只覺眼前一黑,便被捲入狂流之中。狂流瘋狂地撕扯着他的身體,他根本無力對抗。

「啊啊啊!」黑歲發出撕心裂肺的號叫,他身上的黑袍被一塊塊撕開,衣服底下的皮肉被劃出一道道的口子……

儘管他作惡多端,但布布路也不忍心看到他受到如此折磨,準備上前制止,可他突然發現,在黑歲被撕裂的皮肉下,好像還隱藏着甚麼。

這時,驟然加劇的狂流將黑歲衝出數十米之遠。

只見掉落在地的並不是黑歲爺爺了,而是……一個陌生的年輕人。

「可惡!怎麼會這樣?!」年輕人不甘心,整張臉扭曲在一起,口中發狂般嘶吼,一股股濃濃的黑水從他的臉上、身上滲出來……

「這黑水……我明白了,這個人根本不是黑歲爺爺,而是食尾蛇用神筆弄出的障眼法假扮的!」布布路大叫道。

「他當然不是黑歲爺爺,」暹羅也激動地盯着地上的青年,

厲聲說道,「黑歲爺爺是對自然之道參悟最多的人,怎麼可能做出違背自然的事情來!我問你,真正的黑歲爺爺在哪裏?」

「哈哈哈,真正的黑歲早就不在人世了!」假黑歲陰陽怪氣地尖聲笑道,「你們這些御風族人,口口聲聲將黑歲奉為族裏最德高望重的長者,可你們竟然誰都沒發現,黑歲已經被人偷樑換柱假扮了八年!」

聽到這裏,暹羅和留下的御風族人全都露出震驚而又羞愧的神情。

暹羅沉吟片刻,慚愧地說:「一直以來,族人都將修煉『無限呼吸』奉為最崇高的目標,每個人都以為只要練成『無限呼吸』,就能實現祖先的夢想,光耀御風族。阿蒂婭活着的時候,一直積極提倡族人相互關愛、彼此照顧。但事實上,族人之間的感情卻越來越淡薄……八年來,沒有人真正關心過黑歲爺爺……」

想到那個常年堅守御風族的門戶,最後卻被食尾蛇謀害的黑歲爺爺,想到那個孤身一人、與青苔和山丘為伴的慈祥老人,暹羅和里安他們不禁流下了自責而悔恨的淚水。

預備生人氣大考查

Q09 同伴的亡母居然出現在你們面前，並與你的同伴發生了激戰，此時你會怎麼做？

A. 雙方是親人關係，自認為不宜介入（3分）

B. 亡者重回人間，是違背自然法則的事情，首先要做的是尋找她復活的原因（5分）

C. 害怕到不敢動彈（1分）

D. 無論如何都要保護好同伴，加入戰局（7分）

■即時話題■

賽琳娜： 照理來說，復活亡者，要提前把遺體挖出來，或者讓復活的人自己爬出墳墓，兩者都會留下明顯痕跡。可我記得，當時去參加婆婆的葬禮時，阿不思特地留意了一下她母親的墓地，當時並沒有發現任何異常情況啊！

餃子： 布布路這個挖墳小能手也沒看出端倪。

帝奇： 你們忘了，假黑歲手裏拿着的可是「厲水」和「奇異」。

暹羅： 的確，假黑歲要給被破壞的墓地書張皮並不難，是我們大意了。整整八年多，我們御風族人居然都沒有察覺他是假冒的！我現在很慶幸，阿不思離開了這裏，在外面交了那麼多朋友，尤其是那個奮不顧身要去抹除阿不思身上的奴隸印章的少年。過去是我太狹隘了，我應該睜大眼睛看這個世界，人類的情誼不是光靠血脈傳承的，更要靠共同的信念和理想來維繫。

獅子曤： 暹羅族長，你能想通這一點真是太好了，雖然繞了一個大圈子，但你終於能理解阿蒂婭當年的選擇了。

完成這個測試後，你可以判定自己作為一個怪物大師預備生的人氣到底有多高。

測試答案就在第十八部的第 225 頁，不要錯過喲！

這是成為怪物大師的必經之路！！！

MONSTER MASTER

尊敬的讀者：現在你跟隨布布路一起踏上了成為怪物大師的道路！向所有的困難發起挑戰吧！

御風者的青色罪印

MONSTER MASTER 18

新世界冒險奇談

第十九站 STEP.19

夙緣
MONSTER MASTER 18

自由之夢

　　餃子和帝奇上前將落敗的假黑歲捆綁起來。

　　所有人都安全了，但阿不思卻如同雕塑一般站在原地，一動不動。

　　「阿不思，你沒事吧？」布布路四人和獅子堂一起圍到阿不思身邊，只見她面具下的雙眼緊閉，眼珠飛快地轉動，彷彿陷入了夢魘一般。

　　「阿不思！阿不思！」大家呼喚了好一會兒，阿不思小臂上

的青紋閃了閃，她終於睜開了雙眼，慢慢地直起身子來。

　　她環顧一周，看見眾人都安然無事，才鬆了口氣說：「剛才，當在下體內的『風神之力』合為一體時，在下彷彿跟風神心靈相通了一般，讀到了風神的意志⋯⋯」

　　「風神的意志？」所有人都緊張而好奇地豎起耳朵，聽阿不思講述起來：

　　萬物初始，四大元素的始祖級怪物便已存在於世，分別是：火之祖——炎龍，水之祖——海因里希，土之祖——蓋亞以及氣之祖。當年這些始祖怪身上發生的故事，通通成為今天人人知曉的傳說。唯獨氣之祖既沒有名字，也沒有故事流傳於世。它是世間最為隱祕但實際又無處不在的超級生靈，它既不追求力量，也沒有背負任何宿命，只是我行我素地遊蕩在藍星而已，就這樣一晃過了好幾千年。

　　它無拘無束地享受着無限的自由，融入藍星的空氣、雲朵、雨滴。清晨掠過露珠的微風是它輕柔的呼吸，而肆虐的暴雨狂風則是它的悲號⋯⋯

　　它不和其他任何怪物有交集，只是在藍星獨自享屬於它自己的自由，直到有一天它在慧壽丘遇到了一個小女孩。

　　小女孩天生殘疾，雙腿不能行走，因此無法離開慧壽丘。但她並不悲哀，她的表情總是很溫暖，似乎充滿了憧憬。她每天坐在山丘上眺望遠方，希望有一天能站起來，去看看世界上其他地方的風景。

氣之祖不知為何被她吸引了，它化為微風，不經意地輕輕拂過小女孩的臉龐，無意間看到她那天真美麗的笑臉，那無邪純淨的靈魂深深地打動了它。從那一刻開始，氣之祖便決定好好守護這個小女孩，確保不讓世間任何邪惡沾染這個純潔無瑕的靈魂。

　　它和她成為朋友，並運用自己的力量幫助小女孩。它教授她一種奇妙的呼吸法，能很大程度上改善人體機能，讓氣血運行不再受限。達到一定熟練程度後，更能讓原本脆弱的人體承受氣之祖傳輸的力量，從而永久性地改善身體的局限和先天的殘缺與不足。這種呼吸法也就是後來的「無限呼吸」。

　　最終小女孩的身體痊癒了，她站了起來，實現了自己的夢想……在氣之祖的陪伴下，她穿過叢林，走過沙漠，足印留在高高的山石之上，浸在波濤起伏的海水之中。她聆聽歡快的鳥鳴，眺望展翅的雄鷹，每一天，她都有新發現。每到一個地

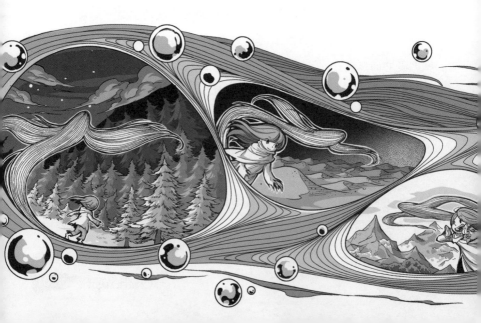

方，她都將當地的地理狀況和風俗風貌記錄下來。那些圖片彷彿是藍星縮影的碎片，一片一片地拼湊出這個世界不為人知的風光……她成了藍星最早的探險家和繪圖師。

她在旅途中救助了許多流離失所的孤兒，將他們安頓在慧壽丘，這些孤兒成了最早的御風族人。受小女孩的影響，族人們也紛紛效仿，漸漸出現了許多偉大的繪圖師。

然而人的生命終究是有限的，也因有限而顯得彌足珍貴。對氣元素始祖來說，不過短短的一瞬間，小女孩的生命便結束了。氣之祖雖然擁有無限的元素之力，能變晝為夜、呼風喚雨，卻無法掌控生死。儘管氣之祖對小女孩悉心照料，小女孩也已獲得常人數倍的壽命，但她終究還是和其他人一樣長眠於地下。氣之祖遺憾地長歎了一口氣便消散而去，之後不知所終。但這口蘊含着無限思念和悲哀的歎息卻始終在慧壽丘上空徘徊不去──這便是後來御風族人傳說的「風神之力」。

　　這聲歎息彷彿始終追尋着小女孩的身影般，每日輕拂過小女孩後人的身體，給他們注入充沛的力量。它溫柔祥和，像對待小女孩一般對待後世的御風族人，像一個慈祥的長者一般守護着大家。御風族在它的庇佑下繁榮壯大，並因習得獨特的呼吸法而聞名於世。

　　之後若干年，「風神之力」的事被泄露了出去，有人覬覦這股不可思議的力量，想以各種方法將它收歸己用。最終雖然他們都無功而返，但這些人貪婪的行為卻激怒了它。「風神之力」漸漸變得不再悲天憫人，而是狂暴起來，而它的暴躁和不安積累到一定的程度，就將吞沒靠近它、靠近慧壽丘的一切。

　　察覺到這一變化的御風族人只好離開慧壽丘，和他們的先祖小女孩一樣，在藍星各處遷徙。族人們決定將「風神之力」的祕密隱瞞，不再讓後代子孫知道氣之祖的存在。不過，隱瞞一個驚天的祕密並不是一件容易的事，最終，作為呼吸法的終極境界「無限呼吸」的傳聞，還是流傳了下去。

　　直到百年前，御風族遭受重創，窮途末路的他們用四件法器封印了「風神之力」，慧壽丘才重歸平靜。

　　又過了許多年，阿蒂婭成為御風族新一輩中天賦驚人的佼佼者。在食尾蛇組織的安排下，假黑歲潛入這裏，他破壞了風之靈，導致「風神之力」開始泄漏。

　　幾乎在阿蒂婭練成「無限呼吸」的同時，她就意識到了「風神之力」是何等令人畏懼的存在。雖然她也知道，「風神之力」本身對於藍星和人類並無惡意，它只是單純地想守護着小女孩的

血脈，但其中蘊含的能量，卻足以將它所到之處夷為平地，如果讓這力量落入別有用心之人的手中，勢必會給藍星帶來一場難以預料的災難。

但由於法器破損，缺少一件法器的阿蒂婭只能用自己的生命為代價，將這部分「風神之力」淨化，平息它的憤怒，最終封印在阿不思體內……

祖先的遺志

難怪「風神之力」如此強大，原來它是氣之祖留下的一口氣，大家聽完後全都驚愕不已。

「後面發生的事情，諸位就都知道了。」阿不思調整了一下呼吸，沉聲說，「自從吸入『風神之力』，在下一直在效仿家母，盡力平息它的憤怒，可惜在下能力着實有限，我想『風神之力』不久便會衝破在下的身體……下一次，恐怕就沒人能阻止它了，必須儘快再次將它封印起來……」

「可是之前的法器都被破壞了，這一次我們該怎麼封印它呢？」布布路心急地問。

「就算我們現在找來最厲害的煉金師來修復煉金法器，你的身體已經這麼虛弱了，能堅持到修復完成並將『風神之力』一點點地注入法器之中嗎？」獅子堂十分擔憂地說，「一不留神，你就會有生命危險啊……」

「不要擔心在下，『方生方死，方死方生；生不能止，死亦

不能止』，生和死只不過是生命的兩種狀態。在下認為，死亡也是修行的一部分。封印『風神之力』也許就是在下的宿命！」阿不思淡然地說。那模樣讓餃子想到他和阿不思在迷霧島受困於 Mr.D 時，阿不思也是這般坦然面對死亡的。（詳見《怪物大師‧迷霧島的復仇遊戲》）

面對這般強大的「風神之力」，餃子無論如何也不想放棄阿不思的性命，只不過他就算絞盡腦汁，一時半會兒也實在想不出甚麼穩妥的主意。其他人也是一籌莫展。

一片愁雲慘霧中，獅子曜若有所思地開口道：「我倒是有一個辦法，既能封印『風神之力』，又能保住阿不思的性命……」

「甚麼辦法？」布布路他們像抓住了一根救命稻草，一個個目不轉睛地看着獅子曜。

「當年，阿蒂婭用生命將土之心的能量過濾後儲存在年幼的阿不思體內，這表明『風神之力』雖然強大，卻能夠被安撫。平和的『風神之力』八年來與阿不思相安無事，可見只要能平復它的狂躁，這分力量便能安分地封存在人體內，即便這個人完全沒有修行基礎也沒關係。」獅子曜一本正經地說，「所以，如果能將『風神之力』分成更小的分量，讓御風族的族人全都參與進來，每人吸收一點，便不用任何法器也能為『風神之力』找到最佳歸宿。」

「這個辦法可行，」蘇醒的暹羅虛弱地點點頭，「我們御風族自幼就修習自然之道，利用丹田呼吸，能將吸入的氣流轉化為力量，為自己所用。如果吸入的氣流過於強大，人體就難於

負荷。但是，若只是少量吸入，並小心地將之封印在體內，就不會有生命危險。」

終於有解決的辦法了！布布路幾人開心的同時又不免擔心起來：可是，將危險的「風神之力」封印在體內，御風族的族人們會願意嗎？

暹羅把原本離開村子避難的那些族人全都召集過來，然後將「風神之力」的真相詳細講了一遍，並動員族人站出來，共同封印「風神之力」。

暹羅強撐着傷痛站在族人的前方，言辭懇切地說：「我們御風族人從出生起就背負着完成繪製藍星地圖的使命，所以每個人都把練成『無限呼吸』作為最高的榮譽和追求，潛心修習自然之道。但我們卻往往因此太重視個人的能力，而忽視了親人，忽視了黑歲爺爺，忽視了族長婆婆。尤其是我，我其實很羨慕做甚麼都很優秀的姐姐，但是她卻違背族規和外人結婚生子，這讓我覺得蒙羞，連帶着不喜歡阿不思這個無辜的孩子……但是我錯了，如果沒有忽視、背離姐姐，或許姐姐在面對難題的時候我可以幫上忙，姐姐也不會因此而獻出生命……」

「姐姐是為了御風族而犧牲的，可是她遇到的難題應該由全族人一起面對。現在，無論如何我都不會讓我唯一的親人——阿不思獨自面對這個難題。我深深地認識到，自己不是一個合格的族長，但我希望我能成為一個合格的姨母。所以，我想救阿不思，將『風神之力』封印在體內，哪怕要付出

生命……但我一個人的力量不夠，請大家將力量借給我！」

說到這裏，暹羅停了下來，目光堅定地看着族人，滿懷期待地說：「如果有人願意和我們並肩作戰，請你們站到我的身邊來！」

所有族人都在竭盡所能地消化着這驚人的真相，也在暗暗思忖和衡量着暹羅的提議，一時間，現場一片靜默。

布布路四人不禁有些着急，族人們會願意承擔這麼大的風險嗎？

在一片難熬的寂靜中，終於有一個人站了起來，居然是里安！

里安大步走到暹羅面前，他第一次用敬佩的眼光看着暹羅，眼含淚光地說：「族長，我以前一直認為，您雖然很有實力，但卻是一個為達目的連至親都能捨棄的人。可是今天，我親眼看到了您為族人所做的一切，我知道，從前我錯怪您了，您是有情有義之人，有這樣堅強的意志和真誠的心靈，您一定能領導好御風族。我支持您的決定！族人們，我們每個人都是御風族的一份子，千百年來，我們的先人總是團結在一起，

戰勝各種困難，如今，我們也要凝聚在一起，共同化解這場危機！」

啪啪啪！幾個暹羅的追隨者跟著鼓起掌來，也走出人羣，站到了暹羅身後。

隨後，人羣漸漸沸騰了，更多人站了出來，身強體健的青年人，鬚髮斑白的老人，甚至是屢弱的婦人、蹣跚的孩童……沒一會兒工夫，所有族人全都站到了暹羅的身邊。

族人們全都用充滿信任的堅定目光看著暹羅，紛紛開口打破沉默：

「御風族是一體的，在困難面前，任何人都不會畏縮！」

「食尾蛇組織害死了族長婆婆和黑歲爺爺，真是可惡至極，我們絕不跟他們妥協！」

「阿蒂婭付出了生命的代價，我們不能辜負她的心意，更不能辱沒藍星最偉大的繪圖師一族的榮耀！」

「阿不思小小年紀就能不顧一切地用自己的身體封住『風神之力』，我們御風族世代修習呼吸之法，只要全族齊心協力，一定能成功！」

　　暹羅環視族人，為他們的覺悟感到驕傲。這就是偉大的御風一族！

　　布布路他們已經被感動得熱淚盈眶。

　　「事不宜遲，我們立即開始吧。」獅子曜這才走上前，鄭重地對阿不思說，「你要控制住氣息，將『風神之力』一點點釋放出來，以你現在的體力，這麼做的難度可想而知，你能做到嗎？」

　　「可以……」阿不思顫巍巍地站了起來，「在下一定不會讓族人們失望。」

御風者的青色罪印

MONSTER MASTER 18

新世界冒險奇談

第二十站 STEP.20

遲來的和解
MONSTER MASTER 18

淨化與封印

「不息的風神啊，平息您的暴怒吧！傾聽世人的請求，用您的神聖之力，斬斷罪惡的胎動吧！」

阿不思氣沉丹田，喃喃低語，將潛伏在體內的「風神之力」緩緩呼出……

一股股盤旋的氣流順着阿不思的鼻息呼出，氣流輕緩靜謐，卻暗藏洶湧的能量，御風族的族人全部盤膝而坐，一個個呼吸沉靜，凝神將一團團「風神之力」吸入體內。

四周鴉雀無聲，只有空靈的氣流在族人間傳遞，布布路他們不禁看呆了，御風族千百年來對自然之道的鑽研和傳承果然名不虛傳，藍星最偉大的繪圖師一族的意志力也令人敬佩。

　　呼 —— 呼 —— 那氣流流轉的聲音彷彿是他們靈魂的共鳴。

　　不論男女老幼，所有人一旦進入禪定狀態，就如同一尊尊靜默的雕像，沉穩地運行呼吸，將「風神之力」一寸寸壓至丹田深處。

　　暹羅不顧眾人的勸說，堅持坐到族人中去，富氧草中毒讓她的內臟嚴重受損，每一次丹田呼吸都使得全身痛得顫慄，但她仍然咬牙堅持，竭盡所能地出一分力。

　　「風神之力」持續不斷地被族人們吸入體內，阿不思的體力也已瀕臨崩潰，她將全身的力量都集中到呼吸上，透支生命堅持着⋯⋯

時間一分一秒地過去，阿不思的身體又如雕塑般穩定下來，族人們的氣息也漸漸趨於平靜，布布路他們猜想，「風神之力」艱難的轉移應該接近了尾聲……

大家都不禁為阿不思和其他御風族人捏了把汗。

然而，就在所有人的注意力都集中於呼吸之時，陰謀卻在黑暗的角落再次醞釀而起，剛剛被假黑歲畫出的那座圓形煉金陣悄無聲息地再次啟動了。

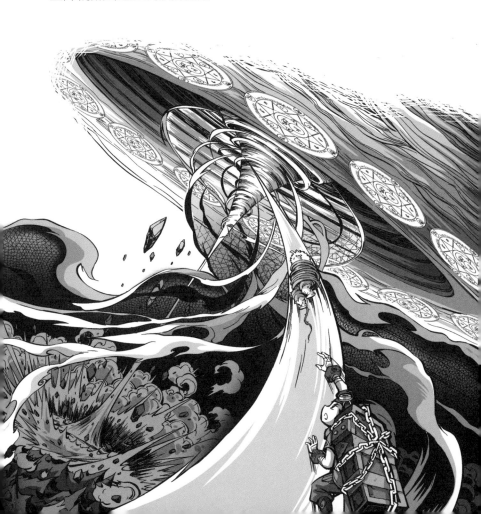

金色的圓圈緩慢地旋轉起來，一股刺骨的陰風從法陣中央呼嘯而出，陰風中閃現出鬼魅的光輝，那光輝像魔咒一般掃向依然處於禪定狀態的御風族人。凡是被光輝照耀到的族人，平穩的呼吸瞬間被打亂，紛紛發出驚駭的慘叫，端坐的身軀痛苦地縮成一團。

阿不思也不例外。她的身體如篩糠般劇烈地抖動起來，體內殘餘的「風神之力」失控地傾瀉而出，朝着法陣飛去。

剛剛被御風族人壓入丹田的「風神之力」也被一股無形的力量冷酷地抽離，從御風族的體內溢出，一股腦地被吸入了那法陣之中。

這一切發生得太快了，等到布布路他們反應過來，阿不思和族人們已全都橫七豎八地昏倒在地，他們傾盡全部力氣封印起來的「風神之力」，就這樣被卑鄙地奪走了！

被捆綁着的假黑歲的身體也化作一道青煙，被吸入了法陣之中。

與此同時，那法陣越縮越小，假黑歲要帶着「風神之力」逃遁了！

強大無敵的鱗甲劍

圓形煉金陣將假黑歲和「風神之力」全都捲走了。

「『風神之力』絕不能落入食尾蛇手中！」情急之下，布布路想要縱身跳進正快速消失的法陣中。

「笨蛋，你想永遠迷失在異度空間嗎？」帝奇及時出手拉住布布路的一條腿，將他拽了回來。

說話間，法陣徹底消失，只留下一攤污濁的黑水。

「食尾蛇真是太可惡了！居然讓御風族在最後關頭功敗垂成！」餃子咬牙切齒地叫起來。

「難道我們就只能眼睜睜地看着食尾蛇奪走『風神之力』嗎？」賽琳娜心急如焚地問。

現場一片死寂，被剝離了「風神之力」的阿不思和其他御風族人都元氣大傷，橫七豎八地癱倒在地，一雙雙眼中流露出憤怒和絕望的神情……

「爺爺，」獅子堂凝眉走到獅子曜身邊，急切地說，「您看熱鬧也看夠了吧？該出手了，要不然食尾蛇的陰謀真的要得逞了！」

難道委員長大人有甚麼辦法可以奪回「風神之力」？眾人灼熱的目光齊齊投向獅子曜。

只見獅子曜神情自若地從口袋裏掏出一把巴掌大的玩具劍，眾人傻眼：委員長大人不是來鬧的吧？

但下一秒，傻眼變成了瞪眼。獅子曜手中的玩具劍體形猛地暴漲百倍，劍身橫穿整個慧壽丘，儼然化成了一把足以劈山裂海的巨劍！

天哪，怎麼可能有人能握住這樣的巨劍？所有人的內心都冒出同樣的疑問，但答案偏偏擺在他們眼前，容不得他們不信！

獅子曜高舉起這把不可思議的巨劍，輕巧得如同舉起一根
小樹枝。他輕輕一揮，巨劍發出震天撼地的鳴響，耀眼的紅光
驟然從劍鋒處迸射而出，圓形煉金陣最終消失處竟被劈出一
道黑洞洞的豁口，那些被掠走的「風神之力」的氣流從豁口處
噴湧而出！

　　「快，我們要重新吸回『風神之力』！不能讓阿不思的努力
白費！」在暹羅的號召下，御風族人再度進入禪定狀態。

　　御風族人齊心協力，彷彿同心同體，這一次，他們終於成
功地吸收了全部的「風神之力」……等大家再睜開眼睛的時候，

那道豁口早已無聲無息地合攏了。

　　眼見一切太平的布布路早就按捺不住了，蹦到獅子曜面前，好奇地問道：「委員長大人，您剛剛用的是甚麼劍啊？怎麼那麼大，那麼厲害呀？」

　　獅子曜笑而不語。

　　倒是獅子堂頗為驕傲地對布布路解釋起來：「我爺爺的這把劍可是他經過長年累月的時間，在世界各地收集了一百零一片炎龍的鱗甲，最後再由炎龍留下的一團火種鍛造而成的『鱗甲劍』，具有斬破時空的能力。」

　　「哇，用炎龍的鱗甲和火種打造的劍，好神氣啊！」布布路羨慕得躍躍欲試。

　　「你還是放棄吧，鱗甲劍認主，除了我爺爺，誰都拿不起來，也駕馭不了！」獅子堂遺憾地攤了攤手，要知道，他也曾夢想過能使用鱗甲劍，哪怕一次。

　　餃子他們面面相覷，雖然他們明白，身為怪物大師管理協會的三大委員長之一，獅子曜一定不會是個沒有戰鬥力的人，但他竟然強大到能輕鬆地駕馭鱗甲劍這種級別的武器，這深

不可測的實力令他們歎為觀止。

當然，餃子他們心中還有一絲鬱悶，以獅子曜的實力，熊獸族、女蟲族和矛隼應該都不是他的對手吧，可遇刺的那天晚上，委員長大人居然擺出一副手無縛雞之力的樣子，任由他們這幾個預備生班門弄斧地對抗刺客……

不滅的正義信念

雖然假黑歲逃走了，但大家把「風神之力」奪了回來並成功地封印起來，一切終於塵埃落定。

就在眾人都鬆了口氣的時候，阿不思突然眼前一黑，渾身像灌滿了鉛般重重地向前栽下去……

「阿不思，你怎麼了？」驚呼聲在她耳邊爆開，似乎有好多雙手伸過來，接住了她搖搖欲墜的身體。

阿不思很想寬慰大家，但她的胸腔像破了洞般地疼痛，一張口，竟然吐出一大團紫黑色的血塊……

終於，她失去了意識。

阿不思費力地睜開彷彿被凍住的雙眼時，看見的第一個人是暹羅，她看起來有些疲憊，可鐵面具後那雙眼睛藏不住關切。

「阿不思，你終於醒了！」暹羅欣喜的喊話立刻招來了一大羣人，將原本就不大的房間擠了個滿滿當當。

「阿不思，你受了嚴重的內傷，都吐血了！嚇死我們了！幸

好暹羅阿姨及時給你輸了血！」

布布路咋咋呼呼的嚷嚷換來賽琳娜的栗暴：「小聲點，阿不思才剛醒來！」

阿不思欲言又止地望向暹羅，她知道暹羅的身體狀況也很糟糕，在這樣的情況下，輸血救自己無疑是冒了致命的風險，其中滿含的親情實在讓她萬分感動，只是二人之間長久的誤會和疏遠，讓她羞於開口道謝。

暹羅彷彿看透了阿不思的心思，只是堅定地握住了她的手，一切盡在不言中。

「前輩，你看他們是誰？」餃子突然擠上前來，聲調裏滿是抑制不住的興奮。

阿不思轉過頭，當即倒吸了一口涼氣，難以置信地囁嚅：「黑……黑歲爺爺？還有族長婆婆？兩位不是已經……怎麼會在這裏？」

「哈哈，沒想到吧，說起來還真是離奇……」餃子像是憋了很久，說話就像擰開的水龍頭，一股腦兒地往外瀉。

　　原來，在八年前，一個食尾蛇的成員潛入御風族，打探「風神之力」的消息，沒想到晚了一步，阿蒂婭已經成功地將「風神之力」封印了。

　　於是他又偽裝成暹羅對阿蒂婭進行了刺探。阿蒂婭當時因為封印「風神之力」而受內傷，虛弱地告誡「暹羅」，「風神之力」的力量絕不是人類可駕馭的，讓「暹羅」斷了這分念想，不要再尋找這股力量。

　　氣急敗壞的「暹羅」當即口出惡言，不僅貶低阿蒂婭的為人品行，還表示自己已經對姐姐恨之入骨。

　　阿蒂婭極為重視親情，當下情緒嚴重受創，而受損的身體根本無法承受如此劇烈的情緒波動，最終氣絕身亡。恰巧，這一幕被上門來找阿蒂婭的黑歲撞見，於是「暹羅」就利用神筆將黑歲變成玩偶，留在阿不思的家中，整整八年有餘。

　　阿不思隨後趕來，遇到了倉皇而逃的「暹羅」，因此產生了誤會……

　　從那以後，那個可惡的食尾蛇成員藉著黑歲的身份在慧壽丘潛伏下來，繼續刺探有關「風神之力」的下落，可八年過去了，除了黑歲爺爺的火之燭外，他只知道族長婆婆手裏有水之鐲，對於另外一半「風神之力」的下落，卻一無所知。

　　就在這時，以獅子曜為代表的怪物大師管理協會決定聯合御風族，一起探查藍星剩下的那一成未知領域，這個行動引起了食尾蛇組織的不安，他們迫切地需要得到像「風神之力」這樣強大的力量，來對抗管理協會。

　　無奈之下，食尾蛇組織決定把阿蒂婭的女兒——阿不思引回來，從阿不思口中探聽線索。於是他們精心安排了針對獅子曜的一系列刺殺行動，並制伏族長婆婆，從她手中獲得了水之鐲。

　　族長婆婆的異常死亡也是假黑歲利用神筆而造成的假象，婆婆根本就沒死。

　　在假黑歲露出真身逃離後，黑歲爺爺就擺脫了玩偶的樣子。一發現黑歲爺爺沒死，大伙兒就直奔墓地，族長婆婆的棺材還是布布路一個人挖出來的，那挖墳的速度簡直令人歎為觀止……

　　「我在考慮要不要把布布路的這項『神技』當成賺錢工具，舉辦專場表演收門票……嗷嗚！不好意思，不小心說出了心裏話，但是大姐頭你可以不要打我嗎？還有帝奇，你對我翻的白眼快要翻到天上去了……好吧，我又說了不該說的話，我錯了，你可以不要對着我扔飛刀嗎？」餃子雙手抱頭，可憐兮兮地求饒不停。

　　其他人哈哈大笑，樂在其中。

　　唯有獅子曜的神情依舊肅穆，眉宇間隱隱有愁容浮現。

　　「爺爺，您在想甚麼？」獅子堂壓低聲音，謹慎地詢問道。

　　獅子曜莊重地望着窗外蔚藍的天空，沉吟道：「這一次我們在慧壽丘粉碎了食尾蛇的陰謀，但怪物大師和食尾蛇組織之間的戰鬥卻不會就此結束，未來還會有更多艱難而兇險的挑戰等待我們……」

他若有所思地看了一眼嬉笑的布布路他們，輕聲低語道：「孩子們，我不得不狠下心，一次次把你們丟進危險中，因為只有殘酷的實戰才能讓你們迅速成長和蛻變，最終成為合格的捍衛正義信仰的戰士。」

尾聲

在暹羅的操辦下，御風族在慧壽丘舉辦了一場盛大的慶祝宴會，族人們跳起了歡快的舞蹈。

「哇哇哇，太好吃了！」

「布魯，布魯！布魯！」

各種珍饈佳餚讓布布路和四不像食指大動，爭搶得不亦樂乎。

「想當年，我在青嵐大陸還是一名無憂無慮、天真無邪的純情小王子……」餃子被一羣御風族少女簇擁着，正滔滔不絕地胡侃他闖蕩江湖的「豐功偉績」。

帝奇跟幾個御風族的長者坐在一起，聽他們講丹田呼吸的祕法，想要偷學兩招。

「布布路，你就知道吃肉，也要多吃點蔬菜水果，要不然營養不均衡……笨蛋，你聽到沒有？」賽琳娜的獅吼功令御風族人目瞪口呆。

吊車尾小隊的四人各自忙得不亦樂乎，誰也沒注意到，獅子曜、獅子堂和阿不思早就利用「神隱」的力量離開了，獅子

堂還「貼心」地留下一張小紙條：

　　吊車尾小隊，別忘了你們的打掃任務還沒完成呢，「神隱之家」被刺客們搞得一團糟，這讓我爺爺的心情很不好，如果他心情不好，說不定會倒扣你們學分喲！

　　不久之後，從慧壽丘通往螢火平原的大路上，響起餃子氣壯山河的嘔吐和哀號聲 ——
　　「嘔……路漫漫其修遠兮……嘔……吾將在螢火平原為了尋找『神隱之家』的入口而再次上下求索……」

【第十八部完】

預備生人氣大考查

Q10 同伴承受着難以描述的痛苦,這分痛苦會要了他的性命,只要你願意分擔他的一半痛苦,他就不用死去了,你會怎麼做?

A. 自己不想接受,但去找了其他人來承受(3分)
B. 只想回避,逃離同伴身邊(1分)
C. 義無反顧地接受這一半的痛苦(7分)
D. 接受之前,一定要搞清楚這分痛苦的源頭是甚麼(5分)

■即時話題■

賽琳娜:說起來,風之靈被阿不思的母親封印進了阿不思的體內,那在此之前,風之靈是被封印在甚麼樣的元素法器裏呀?

族長婆婆:原來的風之靈是被封印在風車中,那風車握在手裏,就算是無風之日,也會悠悠旋轉。唉,它曾經被保存在一個名叫鐵心的老爺子手裏,老爺子當年是我們御風族中最擅長製造鐵面具的巧匠!我記得小時候,老爺子曾對我說過,這風車事關重大,他百年之後,一定要隨他一起入土,後來沒過幾天,老爺子就去世了。

餃子:那就是說假如黑歲還刨了鐵心老爺子的墳,把風之靈挖了出來,還弄壞了,造成「風神之力」的泄漏。

黑歲:如此推斷應該沒錯。

帝奇:食尾蛇的人怎麼那麼愛和墳墓打交道?不是挖人家的墳,就是被人家挖墳。

獅子堂:被人家挖墳?

布布路:哦,這回我聽得懂,帝奇說的是黃泉,被人家從墳裏挖出來復活的事。

完成這個測試後,你可以判定自己作為一個怪物大師預備生的人氣到底有多高。

測試答案就在第十八部的第225頁,不要錯過喲!

這是成為怪物大師的必經之路!!!

尊敬的讀者:現在你跟隨布布路一起踏上了成為怪物大師的道路!向所有的困難發起挑戰吧!

預備生人氣考查結果

這是成為怪物大師的必經之路!!!

尊敬的讀者:現在你跟隨布布路一起踏上了成為怪物大師的道路!向所有的困難發起挑戰吧!

① 10—25 分:人氣堪憂

你是個利己主義者,為人處世皆以保證或獲取自己的利益為首要準則,因此經常不顧及他人的內心感受,有時甚至會為了實現自己的目標而將他人當成踏板。

人與人的關係是相互的,當你為了一己之私而漠視他人的需求、摧毀他人的信仰、犧牲他人的利益時,他人的內心將產生必須遠離你的警惕感,而這種警惕感很快會向周圍蔓延。

因此,作為一個有理想、有抱負的怪物大師預備生,要贏得人氣,就需要在品行上改變自己,克制利己主義,多為他人着想。當你有了越來越多志同道合的朋友,也就意味着你越來越受大家的歡迎,自然能贏得更多的人氣!

② 26—50 分:人氣一般

你在預備生中並不是個出挑的角色,你很低調,喜歡獨處,不喜歡引人注意,但在他人眼中,你可能就成了一個心理陰暗、難以相處的人了,自然不會受到大家的歡迎。

你若想贏得較高的人氣,就必須主動去接近人羣,培養出良好的表達能力,與他人多做交流。只有當周圍的人了解你,你才能交到更多的朋友,獲得更多的人氣。

③ 51—60 分:人氣良好

你是預備生中的佼佼者,為人冷靜、心思縝密,智商和情商雙優。你與人相處有自己的標尺,很清楚和不同類型的人需要保持不一樣的距離。你的朋友數量並不多,但他們在你的心裏都非常珍貴,並且他們對你也是極其信任的。

你並不是很在乎擁有爆棚的人氣,並且很滿意自己目前的生活環境和人際關係,所以對你的建議就是維持好現在的一切,當個愉快的怪物大師預備生。

④ 61—70 分:人氣爆棚

你勇敢熱情、積極向上、疾惡如仇,就像個充滿正能量的小太陽。你愛着人羣,願意為朋友兩肋插刀,只是這種勇於犧牲、不顧一切的表現,有時會成為一種魯莽。希望你能睜亮眼,更細心、更冷靜地去觀察這個世界、觀察周圍的人羣,因為一味地低頭蠻幹會讓你錯失許多更有效、更妥善的處理麻煩的方法。

不過你的人氣無疑在預備生中是爆棚的,大家都喜歡你這個小太陽,相信未來不管過去多少年,你都會保持這種樂觀無畏的心態。

【童話鎮】

世界上真的有如童話一般夢幻的祥和之地嗎？抑或是偽裝太平、粉飾陰謀的虛假烏托邦？

DOCTOR

醫者

醫者，是背負着患者的性命，與死神交鋒的神聖職業！

絕不屈服！

儘管被質疑生存的價值唯有奮起反擊，才能點燃希望重新定義自己的命運！

第十九部

《絕望的聖城囚籠》

　　鹿丹城爆發古怪病症，布布路一行為大家送來醫療用品，偶遇舊識——亞克醫生和奇摩醫生。兩人精湛的醫術給了城中醫療隊極大的幫助，兩位醫生濟世救人的高尚醫德讓布布路他們和患者們心生敬意，再次領略醫者之偉大。

　　然而，誰也沒想到，神醫一夜之間竟然淪為了殺人犯！

　　次日，奇摩醫生留下一個祕密後意外暴斃，而嫌疑最大的竟然是亞克醫生！

THE SECRET
祕密

　　為了給亞克洗冤，布布路一行在兩個長相極其相似，身份卻大相徑庭的少年——龍葵和宇都真的幫助下，前往不可思議的童話鎮探祕。

　　在一所特殊的寄宿制學校裏，異於常人是危險的，懷疑與好奇是致命的！伴隨着某種奇怪的詛咒，擅自離開的人將死於非命。

　　雖然學生們被灌輸着愛與奉獻的犧牲精神，然而傲慢、嫉妒、貪婪等等人性中負面的東西真的就此消失了嗎？

　　當死去的奇摩醫生再次現身，當怪物們的身體開始衰弱，學生們患上奇怪的枯竭之症，幕後黑手隱隱露出了真面目……

　　布布路他們能及時揭開其中的祕密，挽救身困囚籠中的學生們嗎？

BUBURO.BURO.LIVAGE

布布路·布諾·里維奇

「怪物對戰牌」暗戰版使用說明書

Monster Warcraft

> **基本資訊**：單冊附贈 4 張卡牌。為 1 — 17 部怪物對戰卡牌集的擴充包。
> **遊戲人數**：2 人以上 　　**遊戲時間**：5 — 20 分鐘

—— 「怪物對戰牌」暗戰版規則 ——

GAME START 成為『怪物大師』就要憑實力！

來場精彩的雙人對戰吧！洗牌開始！

【基礎牌組列表】

1. 人物牌：1 張
2. 怪物牌：2 張
3. 基本牌：1 張

附件：單冊附贈 4 張卡牌

【遊戲目的】

遊戲開始前，玩家需將自己的人物牌暗置，遊戲進行當中，當一名角色明置人物牌確定勢力時，該勢力的角色超過了總遊戲人數的一半，則視他為「黑暗潛行者」，若之後仍然有該勢力的角色明置武將牌，均視為「黑暗潛行者」。「黑暗潛行者」為單獨的一種勢力，與怪物大師管理協會和食尾蛇組織的兩大勢力均不同。他(們)需要殺死另外兩大勢力，才能成為勝利者。

當以下任意一種情況發生，遊戲立即結束：

兩大勢力鬥爭時，一方勢力死亡，則另一方獲勝。出現第三方勢力之後，則需另外兩方勢力全部死亡，剩下的第三方才算獲勝。

【遊戲規則】

1. 將人物牌洗混，玩家抽取一張人物牌，並將人物牌背面朝上放置（即暗置）。處於暗置狀態下的人物均視為 4 點血量值，其組合技能和個人鎖定技均不能發動，明置之後，才可發動，血量存儲也恢復到牌面顯示

的值，已扣掉的血量不可恢復。

2. 將怪物牌洗混，玩家抽取一張怪物牌，確定自己所擁有的怪物。

將怪物牌置於暗置的人物牌的上面，露出當前的血量值。（扣減血量時，將怪物牌右移擋住被扣減的血量值。）

3. 將基本牌、元素晶石牌、特殊物件牌等洗混，作為牌堆放到桌上，玩家各摸 4 張牌作為起始手牌。

4. 遊戲進行，由年齡最小的玩家作為起始玩家，按逆時針方向以回合的方式進行。暗置的人物牌只有兩個時機可以選擇明置：

◆ 回合開始時。

◆ 瀕臨死亡時。

5. 確定先出牌的玩家從牌堆頂摸 2 張牌，使用 0 到任意張牌，加強自己的怪物或者攻擊他人的怪物。但必須遵守以下兩條規則：

◆ 每個出牌階段僅限使用一次【攻擊】。

◆ 任何一個玩家面前的特殊物件區裏只能放一張特殊物件牌。

每使用 1 張牌，即執行該牌上的屬性提示，詳見牌上的說明。遊戲牌使用過後均需放入棄牌堆。

6. 在出牌階段，不想出或沒法出牌時，就進入棄牌階段。此時檢查玩家的手牌數是否超過當前的人物血量值（手牌上限等於當前的人物血量值），超過的手牌數需要放入棄牌堆。

7. 回合結束，下一位玩家摸牌繼續進

「怪物對戰牌」暗戰版使用說明書
Monster Warcraft

基本資訊：單冊附贈 4 張卡牌。為 1 — 17 部怪物對戰卡牌集的擴充包。
遊戲人數：2 人以上　　**遊戲時間**：5 — 20 分鐘

── 「怪物對戰牌」暗戰版規則 ──

行遊戲。

8. 判定的解釋：摸牌階段時，對要進行判定的牌需要進行判定，翻開牌堆上的第一張牌，由這張牌的顏色來決定判定牌是否生效。

9. 怪物牌翻面的解釋：在輪到玩家的回合開始前，若是你的怪物牌處於背面朝上放置的狀態，請把它翻回正面，然後你必須跳過此回合。

10. 若遊戲未分出勝負，但牌堆的牌已經摸完，則重新將棄牌堆的牌洗混後，作為牌堆繼續使用。當所有場景牌用完之後，需要重新洗一遍場景牌，建立新的場景牌堆。

怪物名稱	卡版	屬性等級	獲得方式
地獄巨犬	普通卡	C 級	隨書附贈
幻影魁偶	普通卡	A 級	隨書附贈
饕餮	普通卡	? 級	隨書附贈
幻影冥狐	普通卡	A 級	隨書附贈
庫嚕嚕	普通卡	B 級	隨書附贈
梅菲斯特	普通卡	B 級	隨書附贈
金牛座	普通卡	A 級	隨書附贈
書翁	普通卡	S 級	隨書附贈
丁丁	普通卡	C 級	隨書附贈
百絨融融	普通卡	C 級	隨書附贈
安第斯	普通卡	A 級	隨書附贈
金牛座普	普通卡	A 級	隨書附贈
炎龍	閃鑽卡	S 級	隨書附贈
海因里希	閃鑽卡	S 級	隨書附贈
時之魔・黑加大帝	閃鑽卡	S 級	隨書附贈
禦刃	閃鑽卡	S 級	隨書附贈

【怪物卡牌一覽表】

怪物名稱	卡版	屬性等級	獲得方式
四不像	普通卡	D 級	隨書附贈
水精靈	普通卡	D 級	隨書附贈
藤條妖妖	普通卡	D 級	隨書附贈
巴巴里金獅	普通卡	C 級	隨書附贈
金剛狼	普通卡	B 級	隨書附贈
一尾狐蝠	普通卡	B 級	隨書附贈
魔靈獸	普通卡	A 級	隨書附贈
泰坦巨人	普通卡	S 級	隨書附贈
泰坦巨人（覺醒版）	閃鑽卡	S 級	隨書附贈
巴巴里金獅（家族守護版）	閃鑽卡	A 級	隨書附贈
蒼赤虎（影子版）	普通卡	C 級	隨書附贈
花芽獸（影子版）	普通卡	C 級	隨書附贈
龍膽（影子版）	普通卡	B 級	隨書附贈
露姬兔（影子版）	普通卡	D 級	隨書附贈
大聖王	普通卡	B 級	隨書附贈
九尾狐	普通卡	A 級	隨書附贈
騎士甲蟲	普通卡	B 級	隨書附贈
惡魔酷丁	普通卡	D 級	隨書附贈
塞隆鼠	普通卡	B 級	隨書附贈
帝王鴉	普通卡	A 級	隨書附贈
帕米魯格	普通卡	A 級	隨書附贈
般若鬼王	普通卡	A 級	隨書附贈
大聖王（十影王版）	閃鑽卡	S 級	隨書附贈
風隱	閃鑽卡	A 級	隨書附贈
水精靈（升級版）	普通卡	B 級	隨書附贈
大紅武章	普通卡	B 級	隨書附贈
克林姆林	普通卡	A 級	隨書附贈
鎖鏈魔神	普通卡	A 級	隨書附贈
藤條妖妖（升級版）	普通卡	B 級	隨書附贈

GAME START 成為『怪物大師』就要憑實力！來場精彩的多人對戰吧！洗牌開始！

「怪物大師」四格漫畫小劇場
Comic Theater

在下心裏苦（但是在下不説）

Comic：李仲宇／Story：黃怡崢

任務歸來

沒發現這是阿不思的水的獅子堂

逛街

買這個和我的女性朋友分享。

一個是我的，另一個給賽琳娜。

完全忘記阿不思也是女生的十三姬

休息

精英隊聚餐，我請客。

被遺忘的阿不思

十字基地

站崗還遇上打雷天氣，好在結束了。

忘記把禪定狀態的阿不思搬回宿舍的精英小隊

就算全世界辜負在下，在下也還是要努力修行，不能說！

「怪物大師」四格漫畫小劇場

Comic Theater

● 阿不思的密碼留言

Comic：李仲宇／Story：黃怡崢

編輯部特別獻禮『怪物大師』中鮮為人知的小番外小趣味！

爆笑登場！

MONSTER MASTER

Especially written for kids aged 9-14

特別企劃・第八期偵查報告
【這裏，沒有祕密】

Q1. 第七部的第 101 頁中十影王路內德是誰？怪物是甚麼？以後會出現嗎？

答：自從前些日子微博上有讀者提醒雷叔該填一下路內德的坑之後，雷叔已經在開始構思故事了，相信至少在一年之後會有路內德的故事與讀者見面。至於為甚麼是在一年之後……因為怪物大師裏還有好幾個人物在排排坐地等着雷叔填坑。

Q2. 海因里希跟炎龍打，炎龍贏了，可第二部的第 15 頁中賽琳娜的話證明泰坦比炎龍強，但泰坦又只是蓋亞的後代，那蓋亞究竟是何方神聖？

答：首先第二部中賽琳娜提到的炎龍，僅僅是始祖怪炎龍的一隻犄角衍變成的炎龍，因此賽琳娜的話只是證明泰坦比後世的炎龍強，而非始祖怪炎龍。至於蓋亞的身份，它乃是土元素始祖怪，這點已在「怪物大師」已出版的書中提過。

Q3. 吐槽：餃子如此愛貪小便宜，又經常騙人，為甚麼他的天目是澄清的呢？

答：餃子的愛貪小便宜和騙人通常是為了掩飾自己的真心，在大是大非前他絕對是個正直陽光的好少年，相信愛他的讀者都了解他的品行。

Q4. 布布路那塊金盾到底有甚麼問題呢？竟然能導致四不像變身！

答：相信你在閱讀第十六部的時候已通過怪物安第斯之口得知，四不像變身之後嗅到了炎龍的氣息，由此可推斷出這塊金盾應該和炎龍有關係。至於對金盾進一步的解釋，小編只能説這是雷叔挖的又一個坑，在以後的故事裏會出現解答，敬請期待。

Q5. 餃子的辮子長可以理解，但他怎麼能使辮子扭動，甚至纏住物體或使用暗器？

答：地球上的普通人難以做到的事情，對於藍星上的練武之人來説只是小菜一碟！

Q6. 為甚麼泰坦作為土元素始祖怪蓋亞的後代是物質系的？

答：泰坦作為土元素始祖怪蓋亞的後代本身具備了一些土元素的特性，但是它更突出的特質是堅硬的身體和強大的力量，因此製作《怪物大師圖鑒》的人將它歸入了物質系內。另外，套用白鷺導師在課上對預備生説過的話，人類目前對於怪物知識的掌握是有限的，所以永遠不要停下腳步，必須不斷深入地探索怪物大師的世界！

Q7. 我和我的一些同學經常上課不聽課，而是在看「怪物大師」，所以被沒收了好幾本書，好傷心！

答：我們已經充分了解你和你同學對「怪物大師」的喜愛，但上課不聽課肯定是不對的，這樣很不尊重老師，也不尊重花錢把你們送進學校接受教育的爸爸媽媽呀！希望你們能夠改正，然後在課餘時間閱讀和交流「怪物大師」！

Staff
製作團隊

宋巍巍
Vivison
【策劃】

趙　婷
Mimic
■ 執行

黃怡崢
Miya
■ 文字
谷明月
Mavis

孫　東
Sun
■ 插圖
李仲宇
LLEe
周　婧
Qiaqia

于流洋
Sea
■ 色彩
李仲宇
LLEe

李禛褛
Kuraki
■ 灰度
葉偲逖
Yesty

丁　果
Vin
■ 設計

怡　然
Mamai
■ 協力

CREATED BY LEON IMAGE
Love & Dreams
MONSTER MASTER

[雷歐幻像] 作品
LEON IMAGE WORKS

□ 責任編輯：練嘉茹

□ 裝幀設計：高　林　馬楚燕

□ 排　版：沈崇熙

□ 印　務：劉漢舉

怪物大師
——御風者的青色罪印

□
著者
雷歐幻像

□
出版
中華教育
香港北角英皇道 499 號北角工業大廈一樓 B
電話：（852）2137 2338　傳真：（852）2713 8202
電子郵件：info@chunghwabook.com.hk
網址：http://www.chunghwabook.com.hk

□
發行
香港聯合書刊物流有限公司
香港新界大埔汀麗路 36 號
中華商務印刷大廈 3 字樓
電話：（852）2150 2100　傳真：（852）2407 3062
電子郵件：info@suplogistics.com.hk

□
印刷
美雅印刷製本有限公司
香港觀塘榮業街 6 號 海濱工業大廈 4 樓 A 室

□
版次
2019 年 1 月第 1 版
2019 年 6 月第 1 版第 2 次印刷
© 2019 中華教育

□
規格
32 開（210 mm×140 mm）

□
書號
ISBN：978-988-8571-92-5

本書經由接力出版社獨家授權繁體字版
在香港和澳門地區出版發行